U0493196

SNCE inc.
漫娱文化
外国文学小说系列

SHADOWS IN FLIGHT

飞行中的阴影

▷[美]奥森·斯科特·卡德 著

▷王梓函 译

长江出版社

漫娱文化

CONTENTS

CONTENTS

希罗多德号

豆子

（本书主角）

安德鲁·安德·德尔菲克

豆子最小的儿子，以豆子最好的战友安德·维京之名命名，擅长基因研究，讨厌暴力。

辛辛纳图斯·德尔菲克

豆子的儿子，继承了豆子的好战基因，擅长武器、战斗。

卡洛塔·德尔菲克

豆子的女儿，擅长飞船和机械维护。

虫族飞船

蟹鼠

被虫族女王改变基因后的工虫变种，样子似鼠似蟹，有攻击性。

雄虫

拥有高级智慧的虫族生物，在虫族女王死后，通过进化演变，继续操控飞船，在星际中寻找新的女王。

SHADOWS IN FLIGHT

CHAPTER 01

Orson Scott Card

CHAPTER

01

巨人阴影之下

2210 年，载有四名乘客的希罗多德号星际飞船驶离了地球。飞船加速至几近光速的极限，在此速度下，重力开始失去作用。

在希罗多德号上,时间仅仅流逝了五年,却相当于地球上的 421 年。

希罗多德号上的三个 13 个月大的婴儿，现在已经六岁了，而巨人[①]也已经超过了他应有的寿命期限两年。

在地球上，大量的星际飞船出发探索无垠的宇宙，93 个殖民地被建立。随后又从原本属于虫族的殖民地开始，扩展到了其他被发

---

① 巨人，原名“豆子”朱利安·德尔菲克，生于荷兰鹿特丹，具有希腊和尼日利亚血统的战斗学校学员，是安德·维京在飞龙战队时最信任的骨干队员之一。因为在年幼时开启了“安东的钥匙”，豆子获得了超群的智力，但同时也患上了被认为不可逆转的巨人症，寿命也大为缩短，因此成年后的“豆子”被称为“巨人”。

现的宜居星球。

希罗多德号上，这几个六岁的孩子比同龄的孩子长得更矮小，却更聪明，就像巨人小的时候一样。因为在他们四人身上，安东的钥匙[①]也被转动了，这使得在他们体内，基因缺陷和基因强化同时存在着。他们的智力比任何领域的顶级专家学者还要更高，而且还免受自闭症之苦。但他们的身体却永远不会停止生长。他们现在虽然矮小，但当他们长到22岁时，就会拥有同巨人一样的身高，而那时，巨人本人应该早就去世了。其实，巨人此时就在逐步走向死亡，而在他真正死去的那一天，这几个孩子将会无比的孤单。

在希罗多德号的安赛波[②]通讯室里，安德鲁·安德·德尔菲克[③]坐在为成人设计的座椅上，椅子下还垫着三本厚厚的书。孩子们就是用这种方式操控主计算机进行安赛波通讯的。即时通讯器可以让希罗多德号与94个星球的星际议会计算机网络相连接。

---

① 安东的钥匙是一种基因改造技术，得名于这项技术的发明者安东。安东的钥匙被证实影响了“豆子”朱利安·德尔菲克和他九个孩子中的四个。被这项技术改造的人一般被称作“安东的钥匙被转动了”。这项基因改造技术已知的后果是引发巨人症、获得超群的智商以及近乎无限的学习能力。

② 超距离瞬间交流器，大多数情况下被称作“安赛波”，是一种无视距离的通讯器。

③ 安德鲁·安德·德尔菲克，巨人“豆子”朱利安·德尔菲克最年轻的儿子，以“豆子”最好的战友安德·维京之名命名。

安德正在浏览一个关于基因疗法的研究报告，这让他看到了一丝希望。突然卡洛塔走进了安赛波通讯室："小队长想和咱们几个兄弟姐妹开个会。"

"既然你能找到我，"安德说，"那么他也能。"

卡洛塔的视线越过安德的肩膀看了看全息显示器。

"何苦费那么大劲儿呢？"她抱怨道，"根本就没有治愈的办法。已经没人再抱什么希望了。"

"我不仅是为我们这些快死的人，"安德说，"人类也得彻底治愈安东综合征啊。"

"我们早就没救了，"卡洛塔说，"巨人现在就快不行了。"

"小队长想说的就是这事儿吧。"

"对啊，我们确实应该商量一下这事儿，不是吗？"

"没什么必要。巨人快死了，而我们也一定得面对。"安德其实很不愿去想巨人快死了这件事。虽说时间不在他们这一边，但只要巨人还活着，安德就始终还抱有治愈他的希望。或者至少在他临死之前能给他一些好消息。

"别让巨人听见。"卡洛塔说。

"他又没在这个安赛波通讯室里。"安德说。

"你知道只要他想，就能听到我们。"

卡洛塔跟小队长待在一起的时间越长，说话就越来越像他。偏执，总觉得巨人一直在偷听他们说话。

“如果他现在正在听咱们说话，他就应该知道我们要开个会，也知道是关于什么的会，那样的话，不论我们在哪儿他都会听的。”

“如果我们提前做好准备，小队长会觉得好些。”

“如果允许我干自己的事儿，我也会觉得好些。”

“这个宇宙里除了我们几个，没有人得安东综合征，”卡洛塔又说，“就连那些学究们也停止了在这方面的研究，即便是有永久的资金支持，他们都不干了。你还坚持什么呢？”

“他们停止了研究，可我还没有。”安德说。

“你手头没有试验设备，也没试验对象，什么都没有你拿什么研究呢？”

“我还有这个绝顶聪明的脑袋瓜儿，”安德笑着说，“我看了所有他们做的基因研究，然后把这些资料与我们体内的，就是当年那些顶尖的科学家们发明出来的安东钥匙结合起来研究。把这所有的一切都串起来，是人类的智商永远做不到的。”

“我们也是人类啊。”卡洛塔无奈地说。

“但我们的孩子不会是，前提是我能解决这个难题。”

“‘我们的孩子’永远都不会来到这个世界，”卡洛塔说，“我不会与我身边的任何一个兄弟结合，也包括你。现在不会，以后也不会。这让我觉得恶心想吐。”

“你是因为想到了性才会恶心想吐，”安德说，“但我说的‘我们的孩子’不是指我们几个人生出来的后代。而是我们与人类结合后生育的孩子。不是和我们那些早就死了的同胞，而是和那几个和妈妈一起生活的孩子。我说的孩子，指的是带有安东钥匙，像我们一样矮小而聪明的孩子。如果我能找到治愈他们的办法——”

“唯一的办法就是干掉所有像我们一样的孩子，只留下那些普通的孩子，还有男同性恋者，这样一来，安东综合征就完蛋了。”卡洛塔总是回到同样的话题上去。

“那不是治疗的办法，那是对新种族的灭绝。”

“如果我们仍能和人类结合的话，就不算是新种族。”

“我要是能找到办法只遗传聪明的大脑，消除掉致命的巨人症，我们就算一个新种族。”

“巨人也许跟我们一样聪明。让他琢磨安东钥匙的事情吧。现在赶紧跟我过去，不然小队长又该发火了。”

“不能因为他总发火，我们就什么事都顺着他。他还真成了老大了。”

“嘁，你又不服气，”卡洛塔说，“每次第一个投降的就是你。”

“现在不是了。”

“要是小队长亲自过来，你肯定会跟他道歉，然后放下手里的活儿乖乖跟他走。你就是想惹我生气，故意拖延。”

“是你想惹我生气好不好。”

“得了吧。”

“在哪儿开会？我一会儿去找你们好了。”

“我要是说出来，巨人就听见了。”

“巨人反正也会追踪到我们的。要是小队长说得没错，巨人无时无刻不在监视着我们的话，那我们根本无处可藏。”

“小队长也是这么想的。”

“在你那儿小队长总是对的。”

“他差不多就总是对的，所以我们就顺着他吧，反正也没什么损失。”

“我讨厌爬通风管道，”安德说，“你们俩喜欢爬无所谓，但是我不喜欢。”

“小队长今天发善心了，他找了一个地方，不需要我们爬通风管道过去。”

“哪儿？”

“要我告诉你，我就得杀了你灭口。”卡洛塔说。

“你不让我进行基因研究，就是在杀死我们。”

“你说得没错，但不管有没有错，我都不在乎，因为我就是拖着你，也得一步一步把你拖到开会的地方。”

“你们要是觉得我可有可无，那就不用非得让我参加。”

“那不管小队长和我做了什么决定，你是不是都会遵守？”

“如果你所谓的‘遵守’是‘完全不理会’，那么答案就是‘是的’。反正你们的计划从来都不怎么样。”

“我们还没做出计划呢。”

“今天。是今天你们还没做出计划。”

“我们以前的那些计划是都失败了，但还不是因为你从来不配合我们。”

“所有经过我同意的计划，我都会配合。”

“我们占多数票，安德。”

“这就是为什么我从来不赞成少数服从多数的原则。”

“那该由谁主事儿呢？”

“没人主事儿。巨人呗。”

“他不能离开货舱。他也不是什么事都管得了。”

“那你和小队长为什么总是害怕他在听着呢？”

“因为他唯一关心的就是我们，除了监视我们，什么也做不了。”

“他做研究，跟我一样。”安德说。

“这就是我在担心的。研究结果：无。浪费的时间：所有的时间。”

“等我研究出治愈巨人症的靶向病毒，然后植入你们身体的细胞里，最后让你们的身型停止生长并达到人类的正常高度时，你就不这么想了。”

“那我可太幸运了，你会关闭安东的钥匙，然后我们都变成傻子了。”

“正常的人类并不是傻子，他们只是普通而已。”

“他们已经把我们遗忘了，”卡洛塔苦涩地说，“假如见到我们，他们只会觉得我们只是孩子。”

“我们就是孩子啊。”

“像我们这么大的孩子都还在学习读写，练习算术，”卡洛塔说，“而我们的人生都已经过了四分之一了。在他们那个‘种族’，我们已经都 25 岁了。”

安德最讨厌的是，卡洛塔总会把他自己的论据扔回给他。比如他一直都称他们是一个新的种族，人类进化的下一个阶段，可以称为安东尼尼人或者豆子人。因为巨人小的时候一直被叫做“豆子”。

“他们不会见到我们的，所以也不会把我们当孩子一样看，”安德说，“我也不希望我们只能活 20 年，最后死于过度生长引发的心脏病。或是因为心脏得不到充足的血液，而出现导致我们窒息的脑死亡。因此我要工作，直到生命的最后一刻。”

卡洛塔显然已经懒得跟他争辩。她凑到他跟前，小声说 :“巨人就快死了。我们有很多事情要做决定。如果你不想参与，那以后都别去开会了。”

安德真的不愿去想巨人离世这件事。因为巨人的离世意味着安德的失败，即使他以后研究出了什么，也已经太晚了。

然而不仅如此。除了失败带来的挫败感，安德心里还有一种更深层的感觉。他曾经读过一些关于人类感情的书，他觉得最接近这种感受的词就是“痛苦”和“悲伤”。但是，他不能说出来，因为他知道小队长会说什么——“怎么了？安德，你不会是爱上这个怪物了吧？”爱，他们知道，这个词来自于母亲，而母亲被选择留在了地球，这样一来，她的普通人类孩子才能过上平凡的人类生活。

孩子们早就得出过结论，如果有爱这个东西存在的话，它就会让母亲还有那些普通的弟兄姐妹一直和他们在一起，大家都在这艘飞船上，一起寻找治疗的办法，共同寻找新的世界，一家人一起生活。

在他们还不到两岁的时候，他们将这番话讲给他们的父亲听。

父亲听后很生气，不允许他们再批评自己的母亲。

“这是最正确的选择，”他说，“你们并不明白什么是爱。”

也就是在那时，他们不再叫他父亲。就像小队长说的：“将一个家庭拆开，是他们共同的决定。如果我们没有母亲了，也就不再有父亲。”从此以后，父亲就成了“巨人”。而他们也绝口不提自己的母亲了。

但安德想念自己的母亲。当我们像巨人一样离开这个世界时，她也会像我这样感到痛苦和悲伤吗？他们当时做了这样的决定，是因为他们觉得这样对孩子们来说最好。可假如一家人在一起，那些正常的兄弟姐妹也在这艘飞船上，生活会是什么样呢？他们会比小队长、卡洛塔还有安德都更高大，但他们也会觉得自己愚蠢无比，永远也赶不上安东尼尼人或者豆子人，或者他们取的别的什么名字。母亲和巨人把家庭分开的决定确实是正确的。他们所做的一切其实都是正确的。但安德不会把这话告诉小队长。

根本没法跟小队长交流沟通，他根本就听不进去。

人类的历史在这艘希罗多德号上重演了起来：三个孩子当中最易怒、好斗并且暴力的人，往往可以得到一切。如果我们是一个新的种族，其实也不过是人类的加强版。

看来在我们身上，始终还保留着大猩猩和类人猿那种争做雄性领袖的野蛮和愚蠢。

卡洛塔转过身背对着安德，开始向屋外走去。

“等一下，”安德说，“你就不能告诉我他到底想要干什么吗？为什么你们总是让我去开会呢？我手里一堆的事儿，既然你们两人早就通气了，何必还找我呢？弄得我现在根本没时间做研究，脑子里一点灵感都没了。”

卡洛塔看起来有些窘愧：“小队长说一不二的。”

“那是因为他总是有你做盟友啊。”安德说。

“你也可以是他的盟友啊，只不过你总拒绝他。”

“他根本没有给我机会拒绝，他根本不听我说话。我是除他以外的另一个男性，你没看出来吗？他已经把你拿下了，却把我排除在外，因为他想要做雄性的领袖。”

卡洛塔皱着眉头，说道：“他想要我和他结合，那可是门儿都没有。”

“其实我们的选择早已决定了未来的结果。你觉得小队长会接受你的拒绝么？”

“我们不会让他得逞的。”

“我们？”安德说，“我们是指什么？只有你和他，然后才是我。你就是因为不想跟他乱伦生孩子，才突然想跟我联合起来吗？但假如我们现在不联合会怎么样呢？到时候谁会冒着生命危险救你呢？”

卡洛塔脸红着说道：“我不跟你说了。”

但你还是会好好琢磨的，安德心里念叨着。我已经提醒你了，种子已经种在你的心里了。现在的联盟也会是以后的联盟。不然他就会成为我们当中的领导者，而你将成为他忠诚的配偶，至于我，将会成为孤家寡人，无权无势，只能服从领袖的支配。前提是他没杀了我。这都取决于你当下做出的选择。

“那就去听听小队长什么意思吧，”安德说，“反正你也不知道。”

“我就是不知道嘛，”卡洛塔说，“他根本就什么都瞒着，对咱俩都一样。”

安德不想再跟她争辩了，虽然很明显她说的是假话。就算她真的不知道，其实不管小队长提出任何荒唐的建议，她都会立刻找出各种理由为他喊好。就好像她和小队长心有灵犀似的。

看来我们仍只是灵长类动物，比没毛的黑猩猩多出了几个基因而已．我们是学会了烧火做饭，但雌性依旧负责在火堆旁做饭，一夫一妻制的配偶则负责出去打猎，然后把打来的肉带回家。除此之外，跟没毛的黑猩猩相比，我们也就多进化了几个基因而已，比如不像黑猩猩那样暴力地随意交配，比如不用战战兢兢地面对族群的雄性首领。

不过我们与黑猩猩最大的不同，就是会提出理由和解释，并通过相互之间的言语进行沟通交流，而不靠暴力或深情地抚摸毛发。更确切地说，我们展示暴力或者抚摸毛发的方式是通过语言，不用费那么大力气而效果是一样的。

“就算我相信你又如何，”安德大声说，“结果还是一样的，我出席小队长的会议什么用都没有，只不过说明他是我们这个可怜小部落的首领罢了。”

“我们是一家人。”卡洛塔说。

“我们这个种族还没进化出家庭呢。”安德小声嘟囔着，更像是在自言自语。他跟着卡洛塔走进舰桥，卡洛塔推了一下手动杆启动下降平台，下落到周围布满等离子导体、进气口和引力透镜的维修通道。

“多好，我们在这儿耗上几个钟头，讨论讨论怎么建立一个新种族，一点也不浪费时间。”安德说。

“护盾开启了，反正我们不会待太长时间，然后马上关闭。”卡洛塔说。

他们继续前行，走到机械工程区，那里是卡洛塔的管辖区。安德坚持不懈地进行基因研究，这也正是此次航行的目的。而卡洛塔则成为了飞船上最熟悉机械、等离子和引力透镜以及飞船上任何设备操作的专家。

“以后这就是我们的地盘了，”她经常说，“我们最好完全了解飞船操作和运行。”而最近一阵儿，她更是经常吹嘘说:“我要是想的话，给我张草图，我就能造出艘飞船来。”

“还得有零件吧。”小队长说。

“一些未被勘探的行星上山脉的矿石就够了，”卡洛塔说，“当然最好还有两个小行星和一个彗星上的金属，再加上这艘飞船与流星相撞后的残骸就更没问题了。”小队长对这话不以为然，但是安德却相信她的话。

卡洛塔带路来到了下层的实验室。

“我们本可以沿着通道走到上层的实验室，完全不需要摆弄什么门。”安德说。

“巨人会从上层实验室听到我们的脚步声。”

“你不觉得他无论在哪儿，任何动静都能听到吗？”

“还是有地方他听不到的，”卡洛塔说，“飞船上有许多盲点，在这些地方他什么也听不到。”

“那是你这么想。”

卡洛塔没搭理他。他们俩都知道安德其实根本不在乎巨人有没有听到——是小队长什么事都要隐藏起来，或者至少他想把自己藏起来。

下层实验室的尾部有一个电梯井，直接通到维生舱。在超强加速阶段，飞船后部就成了深井的底部，他们可以通过电梯下到底部的维生舱——也可以再回到上面来。但在正常飞行时，重力极化反转，电梯就会变成一个简单的通道，重力为地球正常状态的百分之十，直通向尾部的维生舱。

因为巨人身型太大，其他地方难以容下，因此飞船的载货区成为了他的居所。载货区就位于他们的上方。所以他们走路很慢也很轻，小心翼翼生怕发出什么声响。要是小队长听到他俩弄出动静来，一定会暴跳如雷，因为这就意味着巨人听到了他们。

小队长并不在维生舱里，他正操作几个全速运行的风扇，好将新鲜的氧化气体通过导管和消声器泵传输出去。安德一直纳闷这气体闻起来到底是新鲜的空气还是腐烂的气味——想象一下，数不清的、生长在数百个巨大托盘上的地衣和藻类植物，在模拟阳光的照射下断断续续地死亡，他们的原生细胞质融入它们的下一代，形成了周而复始的循环。

“你知道这个地方缺什么吗？”卡洛塔说，“一条死鱼。用来改善这里的气味。”

“你根本不知道死鱼是什么气味，”安德说，“我们甚至从来没见过鱼。”

“我看过照片，所有的书上都说鱼腐烂后气味很难闻。”

“死鱼比这些海藻腐烂的味道更难闻。”安德说。

“你又不知道。”卡洛塔说。

“因为如果海藻的味道更难闻的话，那这话应该这么说，‘海藻和来访者三天后开始发臭。’”

“咱俩这算胡说八道吧。”卡洛塔说。

“说说也无妨。”安德说。

安德希望能在狗狗里看到小队长——被称作“狗狗”的维修舱是巨人亲自编程设计的。不管给出怎样的指令，维修舱始终与希罗多德号表面保持五米的距离。安德知道卡洛塔曾经试了好几个月想要打开狗狗，但是都被巨人设计的程序打败了。

诸如此类的事情让安德明白了一件事，那就是跟他们几个相比，巨人一样聪明，而且还比他们多出好几年的经验。小队长的那些防范措施根本就没用，因为在载货区那张巨大的操控台前，巨人可以随心所欲，耳听六路，眼观八方，甚至可能只要他想闻，任何味道都逃不过他的鼻子。而他的孩子们却毫无对策，甚至根本察觉不到他在监视他们。

那两个人却始终不肯正视这一点，但是安德明白毕竟他们还只是些孩子。安东的钥匙使他们的大脑始终在生长——而巨人也是如此。如今他的脑容量远远超过了他们，所以想要找出一条计策来打败他，简直就是个笑话。但是由于小队长争强好斗的天性使然，他不仅相信了自己可以比巨人更聪明，而且现在就已经比巨人聪明了。

真是痴心妄想。哎，巨人啊，你的其中一个孩子已经疯掉了，那个孩子既不是我也不是你的女儿。你该拿他怎么办呢？

哦，对，他不是疯掉了。而是……好战。卡洛塔学习飞船的工程机械，安德研究人类的基因组合，以及改变基因的方法，而小队长学的却是武器、战争和各种杀人的手段。这是天性使然——因为巨人曾经是地球上一名伟大的军事指挥官，也许还是那时候最厉害的一个。他很厉害，而且母亲也不差。豆子和佩查——在当时一统世界、建立集权政府的霸主看来，他们是军械库里最强大的两件武器。因此他们的某个孩子有一颗好战之心是很正常的事，而这个孩子就是小队长。

甚至连卡洛塔也比安德好斗。安德讨厌暴力，也讨厌冲突。他只想一个人干自己的事。他能预见到他的弟兄或者姐妹将有一番作为，也并没有强烈的欲望要赶上或者超过他们——相反，他为他们感到骄傲，或者对他们感到恐惧，这要取决于他们是否会干出什么惊天动地的大事。

在竖井通道的天花板附近，卡洛塔挪开了一块窄窄的面板。

“哦，不会吧。”安德说。

“没事的，”卡洛塔说，“你又没有幽闭恐惧症。你没有吧？”

“这是引力透镜力场，”安德说，“而且已经开启了。”

“只是引力而已。地球引力的十分之一。而且我们就像夹在两个盘子之间的三明治，掉不下去的。”

“我讨厌这种感觉。”他们从两岁起就开始在这样的空间里玩儿。弄得人天旋地转，最后一个个头晕眼花。甚至更糟。

“你克服一下吧，”卡洛塔说，“我们测试过了，这样确实可以使声音消失。”

“好吧，”安德说，“那我们怎么互相交流呢？”

“可以用锡罐做个电话。”卡洛塔说。

当然，这锡罐不是他们小时候玩的那种声音传输玩具。卡洛塔很早以前就把它们重新设计过了，不需要任何能源，仅通过一条十米长的细金属丝，就能清晰地传递声音，甚至在角落里或者门缝边也都可以。

果然，小队长在里面，他闭着眼睛，正在“冥想”——安德把这种举动理解为小队长此刻正在谋划怎样在他二十岁死于巨人症之前，征服和占领人类世界。

“你来了，这很好。”小队长说道。安德虽然听不见他的话，但可以读出唇语，况且，他早就知道小队长会说什么。

很快，一个三接口连接器把卡洛塔的锡罐连了起来。只是三个人都必须转过头保持在一条线上，而安德则站在卡洛塔和小队长之间，这让他中途溜走的计划泡汤了。

安德一爬进引力场就感觉到一股向下的冲力，就好像一股瀑布从他头顶浇下，又或是他正在从桥上跳下去。向下，向下，向下，他的平衡感在对他说。他正在自由落体中！四肢的神经节点这样警告他，这让他整个身体都处于惊恐之中。进入引力场的前几秒，安德条件反射地不停扑腾，这就是为什么卡洛塔把他的锡罐固定在他脸上，这样他就不会突然一下把锡罐打飞。

“入正题，赶紧的，”安德严肃地说，“我还有很多正事儿要做，这个地方让我感觉好像快死了一样。”

“这多刺激，”小队长说，“人类得花钱才能进入引力场，就是为了找刺激，让肾上腺素飙升。你呢，不用花钱就能来。”

安德什么也没说。因为越求他们抓紧说，小队长就越绕圈子，延误时间。

“这一次我同意安德，”卡洛塔说，“我设计了一股湍流涌进透镜力场，现在它让我也有点儿受不了了。”

安德的感觉是对的，这比平常更难受。他这些年已经懊悔了千万次，后悔没有在第一次看到小队长时打败这个人渣。这样就可以建立起完全不同的等级地位。

然而，安德总是想起母亲曾经告诫过他的话，其他孩子“跟你一样都是内心善良的孩子”。虽然只有安德是从母亲的体内孕育而生，而其他的孩子都是胚胎植入不同的子宫，代孕而生。

对于正常的孩子来说，这没什么——他们对于婴儿时期生活的环境没有任何记忆。但是对于安东尼尼人来说，小队长和卡洛塔六个月就开始记事，而不是三岁。他们记得代孕的家人，并且觉得父亲和母亲很陌生。

安德本可以凭此欺负他们，当他们的头儿，但是他并没有这么做。他尽量不要让自己显得是“亲生的”孩子。虽然在他十二个月大的时候，他就开始显摆这一点了。而小队长对陌生环境的反应就是显示自己的权威，控制别人。在他一岁的时候，他肯定是对他的代孕父母感到了厌恶和恼怒。对于一个六个月开始就能说整句话，九个月大就到处乱跑，一岁时不用人教就会自己阅读的孩子来说，这对儿父母肯定不知道该如何是好。

而卡洛塔则比较沉默，她的代孕父母并不知道她小小年纪就能独当一面。所以当父亲和母亲把她带回家时，她对新环境的反应是害羞，并且很快就和安德成为了好朋友。小队长感觉到了威胁，于是将一切都视为竞争——或者说是斗争。

安德多数时候都躲避小队长的挑战。但不幸的是，小队长认为这是安德对他的屈服。不过有时候，他也会觉得这是安德的傲慢自大。“你不跟我比，是因为你觉得一切都胜过我。”

安德并不认为他已经赢了。他只是觉得跟小队长争斗太过分神，纯粹是浪费时间。跟必须得赢的人玩儿，完全没有乐趣可言，每次都是这样。

“这么长时间了，巨人还死不了。”小队长说。

一瞬间，安德明白了开会的目的。小队长等不及了。他自认为是国王之子，准备继承王位了。在人类历史中，这一幕不知上演过多少次。

“那你是什么意思呢？”安德中立地问，“把载货区的空气排空吗？在他的水和食物里下毒？还是你让我们像捅死恺撒一样捅死他？”

“别说得那么夸张，”小队长说，“他的身型越大，尸体就越难处理。”

“把载货区的门打开，扔到太空里得了。”卡洛塔说。

“真聪明，”小队长说，“我们多半的食物都被他给用了，现在已经影响到了维生补给。我们得回收那些食物，以便有足够的营养，而且随着我们身型越来越高大，也需要呼吸越来越多的氧气。”

“那我们把他砍成肉排吃了？”安德问道。

“我就知道你会有这样的反应，”小队长说，“我们不会吃了他，或者说不直接吃他，而是把他切成片，放在盘子里。细菌会把他分解，地衣也会得到营养生长更旺盛。”

“哇哦，以后每个人就是双倍的配给喽。”安德讽刺道。

“我的想法就是停止供应给他每天所需的热量。等他发现的时候，他就已经变得虚弱不堪，无力反抗了。”

“他本来也不想反抗，”安德又讽刺道，“一旦发现咱们想把他杀死，他肯定求之不得呢。”

“别开玩笑！”小队长说，“没人想死，除非是疯了。巨人想活下去。他才不像你这么多愁善感，安德。被咱们杀死之前，他就会先杀了咱们。”

“别把巨人想得跟你一样邪恶。”安德说。

卡洛塔踹了踹他的脚。“好好说话，安德。”她说。

安德知道事情会怎样发展：卡洛塔会因为杀死巨人而内疚，但最终会站在小队长一边。如果安德偷着多给巨人一点儿热量，小队长就会殴打他，而卡洛塔什么都不会做，甚至会帮着小队长制住他。当然殴打不会持续很长时间的，因为安德不喜欢争斗，所以他根本不会自卫。打他几下后，他就会屈服让步了。

但这次不同。巨人早就是将死之人了。而小队长这种加快他死亡的主意让他难以接受，甚至感觉非常痛苦。

小队长从未提出过这么让人难以接受的计划。所以安德的反应甚至让他自己都感到惊讶。不，小队长会更惊讶——

小队长的头近在眼前，就在安德的头顶上。安德突然伸手，用尽全部的臂力抓住小队长的头，开始往墙上撞去。

小队长立刻开始反击，但是安德出人意料地制住了他——以前没人伤得了小队长，所以他也没有尝过疼痛的滋味。小队长想要抓向安德的双臂，但安德的双腿撑在了力场控制立柱的两侧，这使他得以用尽全力，挥动手腕，猛地一拳打在了小队长的鼻子上。

鲜血喷涌而出，形成一颗颗漂浮着的小血珠，“落”在湍流激荡的引力场各处。

小队长抓着安德的手臂摇摇欲坠。这下确实够狠。安德甚至能听到小队长在锡罐听筒里愤怒地咆哮。

安德一只手攥成拳头，一拳打中小队长的一只眼睛。

小队长大声尖叫起来。

卡洛塔攥住安德的一只脚，大喊道：“你干什么？怎么了你们？”

尽管被抓住了脚，安德还是能撑起身子，一只手又扼住了小队长的喉咙。

小队长被掐得上气不接下气。

于是安德又加重了一些力道。

小队长干呕起来，瞪着双眼，眼里满是恐惧。

安德的身子向前拉近，直到小队长眼前。他拢起双唇，然后朝小队长的嘴里重重地吹了一口气。如此一来，小队长鼻子里的血混着鼻涕涌入他的嘴里。他还没决定是否要杀了小队长。安德脑中的那部分理性，长久以来一直被他控制得很好的，现在却开始有些松动了。

“从现在开始，”安德说，“你的恐怖统治结束了。你想要杀了巨人，你确实想要杀了他。”

“他没想真的杀了他。”卡洛塔说。

安德抬腿就是一脚，正中了卡洛塔的嘴。她大叫一声，然后大哭不止。

“他真是这么打算的，而且你也会帮他，”安德说，“我一直容忍着你们，但现在你们越过了我的底线。小队长，你说话没人听了。要是你胆敢再充老大，我就杀了你。听明白了吗？”

“安德，他现在就会杀了你的！”卡洛塔泪流满面地哭着说，“你到底怎么了？”

“小队长不会杀我，”安德说，“因为小队长知道我成了他的老大。他一直以来都希望有人指挥他，巨人做不了，所以干脆我来。既然你自己没有道德和良心，那从现在起，小队长，我就教教你。从现在开始，没有我的允许，你不可以使用暴力或有任何危险的动作。要是你暗地里想要害我或者其他人，我会知道的，因为你的一举一动都能被我看透，你身体里的每个细胞我都看得清清楚楚。”

“不，你不能。”卡洛塔。

“我对人体的了解就像你熟悉飞船上的机械一样，卡洛塔，”安德说，“小队长在计划什么我都知道。我以前只是不在乎，从来没有想过要阻止他，直到今天。等到巨人死去，当然是时日已到，寿终正寝，那时我们也许会按照你的提议去做，小队长，因为我们的确不能失去养分。但是现在我们并不需要营养和食物，几年之内都用不着。同时，我也会尽我一切所能让巨人活下去。”

“你绝不敢杀我的。”小队长嘶哑地说。

“弑父可比杀害兄弟邪恶千倍，”安德说，“我不会手下留情，犹豫不决。你本不该越过底线的，可是你却做了，我觉得你相信我会杀了你。而且你希望如此，因为你害怕做任何事都没有人阻止你。不过，你挺走运。从今天起，我会开始阻止你和你的那些武器，还有你那些战争游戏——我学过如何伤害人的身体，而且我也向你保证，小队长，我会永久性地毁掉你的声带还有鼻子。每次你看着镜子，每次你听到自己说话，你就会记着——安德是首领，小队长按照安德的命令行事。明白了吗？”

说完，安德拧了一下小队长的鼻子，这下它彻底折了。

小队长大声号叫，但是让嗓子更加疼痛难忍，于是他只能哽咽以及干呕不止。

“巨人会问小队长这是怎么了的。”卡洛塔说。

“用不着他问，”安德说，“我会把我们之间的谈话全告诉他，一个字都不漏。你们两个就在那儿给我好好听着。现在，卡洛塔，给我退出去，我好拖着小队长可怜的身子出去，找个地方给他止血。”

SHADOWS IN FLIGHT

CHAPTER 02

Orson Scott Card

CHAPTER

02

预见未来

豆子看着自己的三个孩子，尽力压制着自己内心对他们深藏的悲痛和恐惧。他知道这一切终会到来，只是时间的问题。然而，他也感到欣慰，因为看到安德终于从长久以来的隐忍和蛰伏中觉醒，结束了小队长的控制和支配，他更清楚这只是冲突的开始。

等我死了以后，会发生什么呢？豆子心想。

佩查[①]，我把一切都搞砸了，我真的不知道怎么办才好。我给了他们太多的自由，可是我却无法沿着走廊去追赶他们，我的身型太大，完全穿不过走廊。

---

① 佩查·阿卡莉，来自美国的战斗学校女学员，安德·维京的最初好友之一，“豆子”朱利安·德尔菲克的妻子。

"安德鲁，"豆子说，"我非常感谢你对我的忠诚，你的确一字不差地把你们所有的谈话都讲给我听了，甚至包括你做的那些极为愚蠢和危险的事情。"

豆子发现安德有些脸红——不是因为窘愧，而是因为愤怒。他也看到了卡洛塔看起来松了一口气，而辛辛纳图斯——他一直都讨厌"小队长"这个绰号——脸上浮现出了一丝胜利的感觉。这些孩子们并不知道他们一点儿也藏不住心事，他一眼就能看透他们。读懂别人是个功夫，即使再聪明的孩子也得花时间学。

他们已经比豆子想象的还要聪明了。要是他们知道被自己的表情出卖了，难道还要让他们开始学习如何隐藏吗？

佩查，你的活儿比我轻松多了。我从没想过抚养会孩子这么难，这些孩子为了生存下去，竟然有这么可怕而冷酷的决心——然后他们选择去实现它——并且还不可思议地擅于获取实施计划所需的各种技能。

如果有人注意到的话，我在他们这个年龄，看上去也一定有些可怕。假如阿喀琉斯[①]稍微多了解我一些的话，他杀死的人就会是我，

---

① 阿喀琉斯·德·弗兰德鲁斯是一名生活在鹿特丹的比利时街头孤儿，一名反社会者。因为"豆子"的提议得以加入波可的小队，后短期加入战斗学院，曾犯下多重谋杀罪。

而不是波可[①]。可惜阿喀琉斯疯了，为了欲望而杀人，不顾原则。

安德始终在克制，尽管他受到了批评，但却不为自己辩解，同时，也不给另外两人添油加醋，火上浇油。相反，他一直耐心地站着，虽然还有些脸红，但已经渐渐褪去了。

“贝拉。”豆子对卡洛塔说。

“那不是我的名字。”她不悦地说。

“这是你出生证上的名字。”

“那是一个永远回不去的世界的出生证。”

“那好吧，卡洛塔，”豆子说，“你要知道，总是一味地站在更强势的兄弟一边以避免冲突是不管用的。因为，这两个男孩势均力敌。”

“我也是今天才知道的。”卡洛塔说。

“我也是。”豆子说。

“我不觉得。”小队长说。

“那你的自负就是彻底的愚蠢，辛辛纳图斯。正因为你粗心所以才低估了安德。假若他是个杀手的话，你现在早就死了，而且连怎

---

① 波可是一名生活在鹿特丹的街头孤儿，她将上百名街头孤儿组织起来，组成了“波可的小队”，其中豆子是“波可的小队”的二把手，并且也是她本人最好的朋友。波可在遇到朱利安·德尔菲克后，认为他的命还不如一枚豆子值钱，因此给了他“豆子”这个伴随他一生的外号。最终，波可死于邪恶的阿喀琉斯之手，她的死给“豆子”的内心带来了持续一生的伤害。

么死的都不知道。”

小队长露出了一丝不易察觉的笑意。

“不，辛辛纳图斯，”豆子说，“安德不是个杀手并不代表他不会杀了你，如果他觉得必须杀你，他会的。你看，你是个攻击者，一个斗士，但你并不知道安德是什么——他是一个防御者，就像另一个叫安德的男孩，我就是以他的名字给我的儿子取名的。他只是觉得没必要去控制别人，但并不代表他会被你控制，让你为所欲为——包括想要我的命。也包括想要他的命。”

“谢谢你给我上了一课，父亲，”小队长说，“每次像这样简短的谈话后，总会让我受益匪浅。”

豆子发出了一声咆哮——一声长啸，声音太大，震得整个载货区都在颤动。孩子们在他面前吓得直哆嗦。要在以前，他们甚至会吓得跪下。这完全出于条件反射——豆子从来没要求他们给他下跪。

“你站在这里是因为被控告计划要谋杀我，辛辛纳图斯。你最好表现出一丝悔意，别再这么狂妄无礼。”

“你要做什么，父亲？杀了我吗？你知道我没错。你这个毫无用处的人几乎耗光了我们——”

“我知道你还小，还幼稚，你觉得不再需要我了，”豆子说，“但是终有一天你会重返人类的星球，而且对于在那里的事情事先毫无准备。你太狂妄自大，从来没想到过那里有许多人比你有过之而无不及。”

小队长闭口不言。

“我在人类当中生活过。在我还是孩子的时候，在鹿特丹的街头，在最凶狠恶毒的人群中生存了下来，然后被最善良最文明的人发掘出来。我知道人类怎样发动战争，知道他们怎样密谋杀人，也知道他们在乎什么——有成千上万这样的事，你根本一无所知。现在，我还什么都没教给你，你就想要杀了我——”

“为什么一直都不教给我们呢？”卡洛塔质问道，“你从没说过我们还有很多不知道的事情。”

“因为你们看起来还没做好准备，或者说你们也不感兴趣，”豆子说，“不过，既然我的心脏可能随时都会衰竭，也许现在是时候开始教你们了。那就从这条知识开始：人们讨厌和愤恨被人谋杀掉。”

“如果因我而引起了你的愤怒的话，我很抱歉。”小队长说。他的悔意虽是虚情假意，但是比刚才好多了，不过做得还是不够。

“他们会反过来杀你。你很聪明，辛辛纳图斯，但是你还太小。一个正常的十岁孩子可以不费吹灰之力就杀了你。一个成年人徒手就能把你捏碎。”

“他们有这能耐？”小队长说，“我研究的资料上说他们绝对不允许杀害儿童。”

“那你的研究还不够充分。族群的男性首领会出于本能杀死孩子，全族群要付出很多才能避免他因为一点小事就这么做。但你的所作所为可不是小事。”

“我们是你的孩子，”卡洛塔说，“你告诉过我们波可和阿喀琉斯的事情，关于你第一次把阿喀琉斯带进你的军团时，就希望波可杀掉他。”

“我们把那个地方称为’家’——并不是什么军团，这个以后再说。是的，我让她杀死阿喀琉斯，而且我这么做是正确的，因为阿喀琉斯是个反社会者，凡是让他感到受辱的人都会被他杀死。我一直不知道这一点，直到在地球上见到他被人侮辱后，我才终于明白。他是个直接的威胁。为了波可和她保护着的孩子们，他必须得死。可惜，波可并没有杀死阿喀琉斯，反而最终被他杀死，扔进了莱茵河。这件事如果换成我们现在的情况，会是什么样呢？”

“你确实消耗了我们太多的资源。”小队长开始说。

“我消耗的热量比正常的成年人要整整多出一倍，而你们三个人合计消耗的热量等同于一个成年人。我们船上的几个人热量消耗加在一起相当于三个成年人，而船上物资的储备可以供20个成年人消耗10年，或者五个人消耗40年。我不明白你的危机感从何而来，小队长。为什么你认为必须要杀了我呢？难道是觉得我太惹人烦了吗？”

“我想说的是，”卡洛塔说，“你和以往一样岔开了话题，就是为了跟男孩子们说话。”

“真希望你的母亲没给你灌输那些关于女权主义的东西。这会让你变得对什么事都敏感起来，浑身是刺。我知道你在问我为什么坚持要杀死阿喀琉斯，但是显然，你想表达的并不是这个。我是在你这么大的时候杀了人，但他是危险的敌人，而你们是在计划谋杀。”

卡洛塔看起来怔了一下，说:“我想大概，算是我想表达的意思吧。”

“我刚才就回答了你的问题。为什么你不好好听着呢。我说过，在鹿特丹的街头，不杀人就得被杀。如果我们没有杀死阿喀琉斯，他就会杀了我们。而且终其一生，他都会干尽恶事，坏事做绝。而你们要杀我的理由无非就是我消耗太多资源——所以，只要对比一下就会发现，我遇到波可他们时，属于弱势的一方。”

“我们也是啊。”卡洛塔有些怀疑地说。

“巨人当时比我们更小，”安德说，“我看过他在战斗学校测试的指标，那是在他们几个人已经有足够的食物供给几个月之后。跟巨人当时相比，我们几个现在简直是肥头大耳的彪形大汉。”

“你看过他的测试记录？”卡洛塔说。

“马屁精。”小队长不屑地嘟囔着。

“他是在我们之前唯一的安东综合征的试验案例，”安德说，“我当然看了所有他身体和智力发展过程的信息，任何细微的细节我都没放过。”

“继续说卡洛塔错误的对比吧，”豆子说，“我当时是多出来的一个吃饭的人，而且看起来也不能为波可的那几个孩子做什么贡献。波可本可以把我赶走——甚至只是想要加入他们，他们就可能把我当场打死。许多家庭或者群落都会如此，甚至更残忍。但我一直在观察，发现即使在如此残酷的街头生活的重压下，她依然很仁慈宽厚。不像今天的我，当时我的存在对他们的生存来说，其实是个威胁——我会把他们仅有的食物消耗殆尽，并且也不可能帮他们找到更多的食物。但是她却接纳了我。你们明白吗？面对实实在在的威胁时，她的第一个反应并不是杀戮。而是选择给了我一个机会。”

“然而她的仁慈却在后来让她送了命。”小队长说。

“她的死并不是对我仁慈造成的。”豆子说。

“不，就是因为对你的仁慈，”小队长说，“你让她把你留下，是因为你向她提出了一个计划，那就是找一个更强壮的男孩掩护你，然后你便可以偷着进入施粥场，让他们每天都能吃到一顿像样的饭，是这个计划吧？”

豆子知道他的目的是什么，但还是让他把话说完了。“没错。”

“你根本就在暗示阿喀琉斯就是那个男孩，因为他高大强壮，只不过有些瘸。所以你让波可一家照料他，好让他保护你免受地痞流氓和小偷的欺辱。”

“我的办法万无一失，只是错误地选择了阿喀琉斯。看错了他是我唯一的失误，可惜我一直都不知道这一点，直到我们试图抓住并制服他时，他的反应才让我意识到我的确错了。”

“但是如果波可一开始就让她的孩子们把你赶走，她就不会死。”

豆子叹了口气，说：“谁能预测将来的事呢，小队长？我的计划很完美，我们群落中的每个人都吃得比以前更好了。也许如果不是我的错误，波可可以活得更久，但是她的那些孩子会一直生活在生死边缘，他们当中肯定会有不少会饿死。我没有预料到会有人被杀——但是我的确让群落的大多数人活了下来。”

“我认为卡洛塔举的例子很好，”小队长说，“当你的周围被敌人环绕时，你必须冷酷无情，不能手软。”

豆子又一次发出了怒吼：“你的敌人在哪儿，你个蠢货，饭桶！”

小队长再一次被吓到了，但是这一次他胆子大了。“整个人类！”他吼了回去。

“人类根本不知道你的存在，也根本不在乎。”安德语气温和地说。

“他们应该知道！”小队长朝着他的兄弟大喊道，“他们给过我们承诺，但是却没有信守！他们把我们全都抛弃了！”

“他们没有，”豆子说，“那些给我们承诺的人信守了承诺，他们的下一代，下下一代也是如此。”

“可他们什么也没有兑现。”小队长说。

“他们发现了 200 多种有可能治愈的办法，但是都没有成功，其中有些办法也许还有希望。对于那些研究科学的人来说，这其中有太多因素，太多东西需要去做。也许我们在找到正确答案之前，会走进 500 多条死胡同，而他们已经帮我们做了很多。”

“可他们停手了。”卡洛塔跟小队长一样顽固不化。

“那不代表他们就是我们的敌人。卡洛塔，毕竟，你和小队长在科学研究上没有帮我和安德一点儿忙。所以，按照你们的理论，你们俩跟他们一样，也是我们的敌人。你们不也完全忽略了我们的利益吗？”

“这艘船就是我们唯一的世界！”卡洛塔激动地说，“我们都清楚这一点，我们一辈子都会生活在这里。所以，总得有人学会怎么维修和再造这艘飞船。”

“我自己也会。”豆子说。

“但你什么也做不了。你住在这个货舱里，动都不敢大动一下，就因为你怕冠心病发作。”

“我可以从这里远程操控狗狗，当飞船需要维修时，我已经这样做了很多次了。”

“那等你死了，谁来做呢？还不是我吗？”卡洛塔说，“我并没有放弃你们治疗安东综合征的计划，我只是致力于计划的另一部分，这部分对于我们的生存来说，同等重要。”

“这没错，”豆子说，“我同意。我不该把你跟小队长归在一起，罪名还是该归到他个人身上。”

“可我一直在准备着抵御我们的敌人。”小队长说。

“这简直是无稽之谈，”豆子说，“你只用三天时间就弄明白了怎么装备船上的武器，你每天都花几分钟进行锻炼，所以你很强壮敏捷，足够进行对战——当然如果真的遇到敌人的话，我指的是个子矮小的敌人，同时不会偷袭，还得一次一个，就像在虚拟图像系统里那样的敌人。其他时间你都在幻想着完全不存在的敌人，然后逼迫你的兄弟姐妹战战兢兢地活在你狂妄偏执的幻想世界里。”

“等我们真遇到敌人时，你就会庆幸我花时间——”

“你们所有人都是天才，这不假，”豆子正颜厉色道，“当敌人袭来时，你们每个人都有能力用计取胜，完全没必要日复一日生活在如此疯狂的状态中。”

“你是说我是疯子吗，”小队长说，“这话竟然是从把彼得·维京送上霸主宝座的勇士嘴里说出的。”他转向安德说：“我研究的不是巨人的身体测试指标，而是他的无数次战斗。”

“我并没有把彼得送上什么位置，”豆子说，“在打败虫族后，我帮他平息了有可能让人类濒临灭绝的战争。”

“说到这个，”小队长说，“我觉得论军事战略和战术，你比那个和安德同名的孩子强好几倍。”

“但是在指挥才能上我不及他的一半。因为我不懂爱和信任，直到多年后遇到了你们的母亲，才从她身上学会这一点。要知道如果不懂得信任，你就无法在战争中指挥别人。如果不懂得爱，你就无法打败敌人。”

“我用不着指挥别人战斗，因为没人可以让我指挥。我就一个人。”

“没人可指挥吗，可你一直都在对你的弟兄姐妹发号施令，操控他们。一个优秀指挥官的反义词就是——一个暴君，被假想的威胁所吓倒，对真正的威胁却没有正确的认识和合理的建议。”

“母亲做得最糟糕的一件事就是把我们留给你独自抚养，”小队长说，“指责辱骂我。”

“我怎么不能，”豆子说，“一个设计要谋杀我的儿子，我怎么可能不骂你。你做的事儿本来就那么蠢，这就是你应得的辱骂。看看你自己吧——说是可以迎敌，结果被你兄弟一拳打脸，一手掐喉咙，看上去就像一摊烂肉，嗓子里好像有扇嘎吱嘎吱响的破门。”

“是他事先没警告我就一拳打上来了！”小队长大喊道。

“又犯傻了，”豆子说，“是你先在你小小的世界里挑事的——想要谋杀安德的父亲。你傻乎乎地无视他，以为他会像以前一样被你欺负，完全没想过他面对你的威胁会有和以前不同的反应。”

“他又不是我的敌人。”小队长说。

“在你一岁的时候，佩查和我最终找到了你们的下落，把你们带回来聚在一起。当你第一次见到安德的时候，他就成了你面对的唯一一个敌人。另一个男性安东尼尼人。你的对手。这五年来，你一直想方设法把他捏在你的手心里。你所有假想的敌人都是安德鲁·德尔菲克的替身。你一直设计百般羞辱他，操纵你的妹妹站在你这一边共同对付安德。现在，这就是你的下场。在我们四人组成的小社会中，安德和卡洛塔是有贡献力的成员，我也是。但是你，辛辛纳图斯·德尔菲克，你才是浪费我们资源的人，不仅创造不出任何价值，而且扰乱其他人的工作。更不用说还预谋犯下一级谋杀罪。”

让豆子意想不到的是，小队长的眼睛里竟然溢出了泪水：“我才不想加入这次航行！我不想离开！我不喜欢你，我喜欢佩查，可你从来没问过我想要什么！”

“你那时才一岁。”豆子说。

“这对安东尼尼人来说算什么理由呢？你一岁的时候不就从那些除掉你们这些试验品的实验室里逃出来了吗？！我们会说话，会思考，我们也有感情，但是你却连问都不问，把我们从各自的家庭中带走，与那里的家人永别，你和佩查，一个丑陋的巨人和一个亚美尼亚的天才军人，说你们是我们真正的父母。我想要和养育我的那个家庭一起生活，那个我称作母亲的女人，还有那个正常身高，辛勤工作，被我称作父亲的男人。可是结果呢，你和你的妻子宣布了对我的所有权。我就像个奴隶一样被送来带去，成了你们的所有物。然后我就要死在这里吗？在这个接近光速的太空里，而其余的人类生命的进程比我们快了 85 倍。我们一年的时间，等于人类过完了他们的整个一生。你现在还好意思跟我说我的罪行吗？我告诉你为什么想要你死。就是你把我从我真正的家人那里夺走的！你给了我“安东钥匙”的原罪，而后把所有关心我的人都从我身边赶走，把我困在这里，和一个没用的巨人以及两个胆小懦弱的人待在一起，那两个人甚至都不知道自己就是奴隶！”

豆子无言以对。在这五年的航行里，他从未想到过孩子们竟然还会记得把他们带到这个世上的那几个女人。在还是胚胎的时候，他们被偷偷带走，分别被送到世界各地，然后植入不同女性的体内。她们完全不知道所生的孩子竟然是伟大的将军朱利安·德尔菲克和佩查·阿卡莉的后代。

“哎，该死的，”豆子说，“你为什么不早说？”

“因为他刚刚才明白到底让他恼火的是什么。”安德说。

“我一直都明白！”小队长想大喊，但是嗓子已经完全喊不出声了，只有喉咙里粗哑的喘息声。

“你一个月内都没办法出声了。”卡洛塔则心平气和地说道。

“我们出生的家庭里都是些蠢人，”安德说，“他们害怕我们。你的家庭也是一样。他们不敢接触你，认为你是怪物，这不是你自己跟我们亲口说的吗？”

“那又怎么样？那现在这个家庭呢？”小队长激动地低声说，“父亲像一座山一样高，住在载货区里，而母亲还是个全息影像，天天一遍一遍又一遍地说着同样的话。”

“那也没办法，”卡洛塔说，“她已经死了啊。”

“其他的兄弟姐妹了解她，因为他们跟她在一起住过，她每天都跟他们说话，”小队长说，“而我们只有巨人。”

豆子身子向后靠，眼睛盯着天花板。然后他闭上了眼睛，因为反正他也看不到天花板。在闭上眼睛的那一刻，他的泪水忍不住流了下来。

“这是个可怕的选择，”豆子轻声说，“不管我们怎么做都是错的。我们当时没有问你们的意见，是因为你们当时还没有足够的生活阅历，无法做出明智的选择。你们三个注定会在二十多岁死亡。我们觉得会很快找到治愈的方法——也许十年、二十年——然后你们就可以回到地球，那时你们还依然年轻，还有大好的人生在等着你们。”

“基因的问题可是相当复杂的。”安德说。

“如果留在地球，你们活不了多久就会死的。你们正常的兄弟姐妹，他们的寿命呢，一百一十岁吗？”

“有两个人，”安德说，“至少活了一个世纪。”

“而你们三个却只有短暂而凄惨的一生——生来带有不幸的遗传缺陷，仅仅活了人生的五分之一就英年早逝。”

“哪怕只活人生的五分之一也比这样活着好。”小队长小声嘟囔着。

“不，”豆子说，“我只能活人生的五分之一，这样的人生太短了。”

“可你改变了世界，”安德说，“你曾经两次拯救了世界。”

“但是我无法活着看见你们结婚生子。”豆子说。

“不用担心，”卡洛塔说，“如果安德和你没有找到治愈的办法，我就永远不生孩子。我不会将这个缺陷遗传给任何人。”

“这就是我要说的，”豆子说，“当年佩查和我要生下你们，是因为我们相信有一个科学家他可以解决这个问题。他就是最初在我身上转动安东钥匙的人之一。也是他杀死了所有其他和我一样的试验对象。我们从没想要把这个缺陷留给你们。但是却成了事实，我们唯一想做的就是尽我们所能让你们拥有真正的人生。”

“你的人生本来就是实实在在的，”安德说，“如果能有像你一样的人生，我就会很满足了。”

“我住在这载货区里，永远也走不出来了，”豆子双手攥着拳头说。他原本永远也不想跟他们说这些。这种自卑的屈辱让他难以承受，但是他们必须得知道，当年那样隐瞒欺骗他们是正确的。“即使你们生命的前五年或者十年在太空里过着这样的生活，又有什么要紧呢？如果这样能多给你们90年寿命的话——还有能在这世上活一个世纪的孩子，甚至是孙子。但我永远也看不到这些了——可你们会看到的。”

“不，我们也不会，”小队长说，“没有治疗的办法了。我们是新种族，寿命只有可怜的20年，当然，还得是五年生活在重力为10%的条件下。”

“那你为什么还想要杀我呢？”豆子问道，“难道还嫌我的生命对你来说不够短吗？”

小队长的回答，就是抓着豆子的袖子开始大哭起来。同时，安德和卡洛塔互相握住对方的手，看着眼前的这一幕。他们心里有什么样的感觉，豆子并不清楚。他甚至不清楚小队长为什么哭。他谁都不了解，也从来没有了解过谁。他并不是安德·维京。

豆子时常追踪他，用安赛波连接互联网搜寻，据他所知，安德·维京也没有什么像样的生活。他没结婚，也没有孩子，从一个星球飞到另一个星球，每到一个地方都是短暂停留，从不多待，然后再以光速返回。所以当别人都渐渐老去，他却依然年轻。

就像我一样。安德·维京和我都做了同样的选择，远离人类。

为什么安德·维京选择避世，豆子也猜不透。豆子曾经和佩查有过甜蜜而短暂的婚姻。豆子有了这些可怜、漂亮而又令人难以置信的孩子。而安德·维京什么也没有。

生活真美好，豆子想着，我不想生命就这样结束。我害怕等我不在了，这些孩子会发生什么意外。我现在不能离开他们，可是这不是我能选择的。我爱他们，爱到难以承受，但我却救不了他们。

他们并不快乐，我却无能为力。这就是我为什么会哭的原因。

SHADOWS IN FLIGHT

CHAPTER 03

Orson Scott Card

CHAPTER

03

遥望星空

卡洛塔正在飞船尾部区域进行引力校准。而安德则进入了维生舱，那里恰好位于卡洛塔工作区域的正上方。或者说是正前方，这取决于从飞船的什么角度来看。

引力透镜把一切都弄乱了。一个个托盘里的地衣、藻类和细菌可以产生飞船内所需的氧气，也可以通过食品加工机产出最基本的食物。不论飞船进行何种操作，在任何情况下，这些托盘都必须保持水平。在加速状态下，它们不需要进行任何操作——惯性对托盘产生一种适度向下的力，推向飞船尾部。但在正常航行时，托盘会失重，所以需要用引力透镜力场设置引力，仍然给托盘朝船尾方向持续向下的恒力。

不仅如此，地衣需要达到的引力至少要是地球正常引力的一半。但是在维生舱的上方——也可以说前方的货舱，0.5G 的引力就足以在一小时内要了父亲的命。因为他的心脏承受不了。由于引力是由上千上万颗星体经过透镜形成的，因此每当靠近或者远离大质量恒星时，便需要调整透镜。这种经常性的调整透镜是十分必要的。

卡洛塔自愿承担了调整引力的任务，确保引力计数始终保持精准，这样一来，飞船上的计算机就可以对即将进入飞船的引力进行精确的数据分析处理，并将引力通过透镜分配到飞船各个区域。她在货舱上连接了许多自动防故障装置，一旦发现任何影响到父亲生命的细微引力变化，就会触动报警系统。在维生舱里，引力精度更加稳定。但是她仍然要确保地衣有足够的引力，防止它们过度生长，并且开始将每个托盘上的光线调暗，使托盘上的藻类进行最低水平的光合作用。

每个托盘基本上相当于一个六公分的雨林，地衣就是丛林中的树木，地衣错综复杂的网状结构在引力允许的范围内向上生长，光线洒向下面缓缓流动的水流，水中的各种藻类为上百种细菌创造了微小的栖息之地，两者之间形成了一种不断移动的共生关系。船上四个人所产生的废物——大多数来自于父亲，不过孩子们的也比以前多了不少——全部都以稳定的速率注入托盘。细菌的作用就是将每一滴的废物资源分解成供藻类和地衣所需的营养液。

细菌也可以吞噬腐败的地衣和藻类，反之亦然。这是一个虫吃虫的世界，彼此之间循环往复，兼容共生，小心翼翼地保持着平衡。于是，一个又一个的托盘自动地被拉出来，滤除大部分的地衣和一部分海藻，然后重新开始一轮为期两周的再生长。那些被滤除的东西则变成了食物。

如果再多几口人的话，循环的过程会进一步加快——一天大约滤掉十个托盘。但同样，也会有更多废物来滋养托盘，所以再生长的速度反而会加快。

当它们的生长接近枯竭时，会有不可再生的微量元素被渗透进这一生态系统。这是一种微妙的平衡，只要机械维护得当，并且引力和加速的移动变化在界值范围之内，就可以维持几个世纪。

此外，还得留意照看草药园。它不像维生舱那样自动化，如果没有它的话，食物就会成为难吃的面包上恶心的一坨酱。当父亲无法再走到花园时，卡洛塔也把这个任务揽了过来。另外，他的双手也太大，没办法打理草药的那些细小枝叶。当父亲在飞船上干农活的最后那几天，他几乎像拔萝卜一样把草药连根拔起，这使得花园遭到了很大的破坏。

男孩们很愿意把这些维护的工作让给卡洛塔来做。她只好既自豪又无奈地同意了。结果，说来说去，她还是继承了女性的传统角色：烹饪和家务。

卡洛塔心甘情愿地一次次重复着同样的工作，从不懈怠和偷懒。其实她也不放心把这些工作交给两个兄弟中的任何一人，她不清楚这是不是由于物种的性别差异，或者仅仅是他们三个人的性格不同。比如安德，他只会在研究方面孜孜不倦，有无限的耐心，总是有既定的目标和可预测的结果。而小队长的注意力可以持续的时间只是个六岁孩子的水平。

事实上，卡洛塔心里有一个定论，那就是小队长是他们三个人中最像人类的人——只有他才最像正常的孩子。比如情绪上更加不稳定，更需要刺激，更为好战，渴望改变和大事发生。而这些正是船上的生活所无法提供的。因为这里没有危机。安德的研究毕竟还能有成果得出来——虽然大多时候是消极的——而卡洛塔的维修工作看似一成不变，但至少她的知识和关于飞船机械方面的理论还在不断更新。

可怜的小队长。最孩子气的一个，也是最忍受不了无聊的生活，生活在痛苦中的一个。难怪他不停地虚构幻想中的敌人和危机。不得不承认，谋杀父亲是他到目前为止创造出的危机中最过分和离谱的一个，简直愚蠢至极，野蛮无礼。不过，这才是孩子才会想出来的事情。

安德一拳打折了他的鼻子，又差点儿把他掐死，算是给他好好上了一课，告诉他什么才是真正的危机。

不过鼻子可以恢复原样，可愤恨和厌烦以及绝望却会继续发酵，甚至更加恶化。下一次他又会想出什么歪主意呢？终有一天，可怕的事情还是会发生。船上虽然就这么几个人，但生活却一向如此。

“小队长需要一只狗。”卡洛塔说。

安德跳了起来：“你在这儿干什么呢？”

“干我该干的活，”卡洛塔说，“你干什么呢？”

“采集样本，”安德说，“我们长久以来一直在研究基因拼接体的病毒，不过还要有一些试验性的工作要研究，比如细菌的潜伏期以及化学反应的因子等。最大的问题就是要同时改变体内的每一个细胞。托盘里有一些细菌，我要试着把它们与我们小肠内的细菌相结合，看看能不能有什么进展。”

他兴高采烈地说着。

“你知道小队长永远也不会忘记前几天发生的事的。”

“你是说我把他打得屁滚尿流的事吗？”安德说，“我不希望他会忘掉。相反，我倒是愿意他一直记着。”

“这次他被你打了只是意外，下次他就不会再让你得逞了。”

安德叹了口气，没有回答。

“小队长需要一只狗。”卡洛塔又说。

“理论上说，我倒是可以把全部的进化史都记下来，然后造出供他消遣逗乐的小动物。但可惜，这要花很长时间，甚至超过了我们的寿命期限——这还只是给他造出个像乌贼一样的动物。要是造出个带有脊椎的生物，则需要花费更长的时间，而且最终的结果也不是我们可以预测和控制的。”

“他需要有一个既让他喜欢，同时又能被他控制的东西。”卡洛塔说。

“我觉得那就是你啊。”安德说。

“他没有控制我。”

“真的吗？”安德说，“当然，宠物狗并不知道自己在被狗链拴着。”

“你知道的东西我也知道，”卡洛塔说，“在你看来是狗链，在我看来那是我在一直努力不让小队长疯掉。”

“我觉得我们可以把他谋杀巨人的计划算作这种努力的彻底失败。”

“我不会让他这么做的。”卡洛塔。

“你曾经阻止过他什么吗？”安德轻蔑的语气激得卡洛塔想扁他。只是给他小小的一点儿教训。比如在他睡觉的时候给他来个肝部穿刺——伤口小，疼痛剧烈，而且愈合快。

“要是你肯搭理不参与基因研究的人，不离我们八丈远，你就会知道我阻止过多少次他的疯狂计划。只是这次你知道了他的计划，这是因为他瞒着不肯告诉我，而是直接跟你挑明，这才被你打破了脸。”

“他就欠这个。”安德说。

“你这一拳把自己变成了他的敌人。你要格外小心了，安德。”

“我已经将一部分注意力转向跟踪小队长在干什么。”

“不管你怎么小心，跟他相比都差得很远，我敢保证你看到的不是真正的小队长，甚至可以说，你看到的都是他故意想让你看到的。”

“但是从他想让我看到的东西里，我可以了解到不少信息。卡洛塔，我正在忙着，而且现在脑子里有很多事情。我想找个更合适的时间咱们再接着谈吧。”

“小队长需要有一些事情做。”

“小队长根本什么都不想做，除了暴力和殊死搏斗以外。”安德说。

“这也是我和你都一直在做的事情，你想过没有，”卡洛塔说，“你一直在竭尽全力试着在我们像巨人一样住进载货区之前，破解遗传密码，消除我们的巨人症，而我一直努力地确保飞船的各个系统运行正常，避免我们死于机械故障或者飞行事故。”

“这正是我要说的，”安德说，“小队长只要沉下心来，他确实可以做一些真正重要的事情。他本来就挺聪明——只要几个月的时间，我就可以帮助他赶上基因研究的进度。”

“他不想为你工作，也不想跟我做。小队长天生就不愿做下属。”

“简直就是偏执的精神分裂者。”安德说。

“别这么说，”卡洛塔说，“小队长不是精神病患者，你得承认这个事实，并且如果你总是这样看他的话——”

“你怎么一丁点儿幽默感都没有？”安德问。

“小队长在船上过得这么痛苦，我一点都笑不出来。”

“我要是不幽默的话，”安德说，“那意味着我准备对他动真格的了，这样一来，肯定会分散我的注意力，影响我的工作。”

“我就是希望你帮我出个主意，能让小队长过好在船上的日子。他比你我更孤单，比咱们俩更像父亲。”

“小队长像巨人？我从没这么想过，不过你也许是对的。小队长需要的也是当个在街头上流浪的孩子，每天要死要活的，不是快饿死了就是快被谁杀了。这样他就每天有事儿干了。所以呢，你真正要做的不是给小队长弄条狗，而是弄一只剑齿虎来。需要有这么个东西时常潜行跟踪他，这样他就能全身心投入战斗，击退真正的威胁，再也不用总是编造假想的敌人。”

“我是想着在飞船条件允许的范围内，给他找个伴儿，充实下他的生活。”

“来自另一个世界的一只狗吗？”安德问。

“说来可笑，在地球，我们其实有的是钱。那个叫格拉夫的人把父亲的财务管理得很好，我们其实是富二代呢。”

“我们要是死了有多少钱也没用。”安德说。

“现在我们也没用，”卡洛塔说，“我只是想买个什么东西，可以让小队长照顾，用安赛波的虚拟宠物也行。也可以让人把什么东西植入动物的体内。找个某个殖民地星球的荒郊野地。搞来一只凶猛的猎食动物——你说的那个剑齿虎是个不错的主意。”

安德停下手里取样的工作，想了一下，说：“感觉像是我们俩给他的礼物，或者给他出的主意似的，我讨厌这样。他会觉得我们是在给他做治疗，虽然真是如此。可他一向不认为自己有问题。”

“我知道。”卡洛塔说。她其实是安德说完以后，才想到了这一层。

“你总是说你知道，其实你压根就不知道。”安德说。

“我就知道你会这么说。”卡洛塔说。

“无事不知，无事不晓，卡洛塔最厉害了。”

“你总算承认了。”

“有几个星球上设有生物研究实验室，专门研究异种动物群。我想你是要建议我以这个作为借口，编造理由，声称这也是我的一个研究项目，而且这个理由可信度高，容易让小队长相信。他就会背着我偷偷控制那些生物，把它变成自己的宠物。”

“差不多就是这样。”卡洛塔说。实际上她没想过这么深远，她只是对安德说出了一个简单的计划而已。“我没有办法编出什么可以让他相信的理由，因为我的工作都在这艘飞船上。而你不同，你用安赛波与很多渠道都有联系。”

“但是没有一个人看出来我是个在星际飞船上只有六岁的安东尼尼人。我跟他们所有人都不同，由于时间微分，我主要是在做着数据收集获取的工作，不跟任何人有直接联系。”

“我从没想过他们能看穿你的身份。”

“我只是不想让你觉得我在人类世界里有广泛的人际关系网。一旦他们发现了我是谁以及我们在哪儿，就会有媒体注意我们，然后就会有人调查我们的资产，他们会找理由说我们的财产属于违法所得，夺走我们大部分的财产。”

“他们发现不了的。”卡洛塔说。

“咱们的软件和代理人都说不会被发现的，”安德说，“但不排除有些真正神通广大的人也许真能做到，让他意料不到。不过回到你的问题上——我倒是真可以试试。也许管不了什么用，但是也许值得一试。还有你也想要一只宠物，对吧？”

“我大概可以找个家庭机器人连线，这样我就可以看着它做例行维修，日复一日，年复一年。我就可以告诉自己机器人的日子其实比我有意思多了。”

“看来你跟我们一样自怨自艾，”安德说，“我们不都一样痛苦么。”

“别说得那么轻描淡写。”卡洛塔说。

“不，我并没有轻描淡写。我其实早就厌烦了我的工作，很多时候我都想干脆跟巨人一同死了算了。”

“你知道为什么巨人不想死吗？”卡洛塔说。

“因为他爱我们，”安德说，“只要一天看不到我们的幸福，他就自觉任务没有结束。他其实都不知道任务是什么。”

“他没有必要爱我们，你知道的，”卡洛塔说，“虽然……你说过爱好像空气一样自然。”

安德指着自己周围的维生设备说：“只可惜我们呼吸的空气并不是自然的。”

“那只能说父亲是个好人。一个高尚而无私的人。”

“你又错了，”安德说，“父亲其实是一个野孩子，他最钦佩的是一个叫卡洛塔的修女，还有一个比他大的男孩，名字叫安德·维京。他希望能跟他们一样优秀，所以他用一生的时间努力去假装成为一个真正的好孩子，直到今天还在继续演着自己剧本里的角色，因为他害怕一旦停止表演，他就会发现自己依旧是那个流浪在鹿特丹街头饥肠辘辘的拾荒男孩。”

卡洛塔笑了：“你就没想过，也许那个野孩子才是他强加给自己的角色，而现在住在货舱里的才是真正的朱利安·德尔菲克呢？”

“那又有什么大不了的？我们都是野孩子啊，这个‘我们’指的是整个人类及其所有的变种。我们只是开始衍变成一个物种群，喜欢并且需要文明。我们不得不压制住野性好斗的雄性首领和保护欲过度的母亲，这样我才可以亲密而融洽地生活在一起。”

“就像我们在飞船上这样。”卡洛塔说。

“我会给小队长找个宠物的。”

“也给你找一个，”卡洛塔说，“还有我。谁知道会怎么样呢？也许有些外来的生物，父亲会长得更快呢。”

“如果我们几个都想跟其他星球上的动物玩儿的话，需要很多带宽。”

“我们有足够的钱支付费用。”卡洛塔说。

“我先看看吧。”安德说。

“这件事一定要装作很重要的样子，”卡洛塔说，“而且很紧迫。”

安德没有再说什么。他采集完最后的样本，盖上盖子，走出了维生舱。

卡洛塔检查完了所有的数据。和以往一样，一切都运行正常。

下一步还有什么无聊而寂寞的例行检查要进行呢？她有些日子没检查追踪软件了。是一个星期前还是几天前？至少有好几天了。她关闭了引力场传感器上面的地板，然后走向电梯井。

卡洛塔刚踏上平台，脚下就出现了一块小小的平板。平板向上移动，穿入了流量区。她突然感到一股力量，把她拽向四面八方。虽然她早已习惯这样，但身体还是有些短暂的惊慌，肾上腺素急速飙升，这是因为大脑深处的神经末梢还没有反应过来，她以前又不是住在树上，掉落了也不会惊慌。

她抓住了电梯的扶手，很快进入了调整引力的区域，这里可以校准父亲所在区域的引力，使维生舱始终保持朝着飞船的后方而不是底部。在这个引力区域，电梯井通向飞船的底部——与航船类似，整个倒立过来——这样一来，父亲居住的货舱就位于她的正上方。她仰面躺在地上，抓着把手，沿着电梯向前滑过。这倒不难——因为父亲需要的引力与月球引力相似，约为地球引力的十分之一。

安德的实验室就在她的下面一层。她迈过两三个台阶走进了地球正常引力区，其作用就是使飞船保持向前的方向，父亲是无法进入这里的。安德并没有抬头看——他正忙着把采集的那些样品放入不同的仪器里，其中一些被冷冻起来，一些正在被研究。他没时间看卡洛塔。

卡洛塔有些羡慕和嫉妒安德的这种紧迫感。与小队长臆想的危机感不同，安德的紧迫感是实实在在的——因为时间不多了。卡洛塔始终不相信还有机会能救父亲的命，但对三个孩子来说，还有希望。安德从没放弃过努力去寻找希望。她心里明白，他们三个孩子中，只有安德的工作对他们来说是真正至关重要的。可他和父亲对工作太过全神贯注，牢牢掌握着研究进展，一切研究都谙熟于心，以至卡洛塔根本没有信心能学会足够的基因知识，成为他们中的一员，跟他们一同研究。她永远总是走在他们后面。

如果他们召唤她，让她加入他们当中，她愿意丢下她手里的一切工作，替他们做什么都行，哪怕是干佣人的活。因为此时此地，他们在做真正该做的事——所以不论让她做什么，她都不介意。可惜，他们从未叫过她帮忙。

于是她默默地从安德头顶走过，爬上了上层的实验室。她坐在追踪计算机前，拿出全息图纸，开始搜索前方航线附近所有的星系，从即将经过的行星开始。计算机正在对每个星系的质量进行梳理，以便估算如何调整引力透镜。

卡洛塔正在查看第四十个星体——几个月以后飞船才会经过这里，不过距离他们已经不算远了——计算机显示出了一个异常现象。计算机追踪到那个星系中的一个物体，根据数据报告，那个物体的质量在不断变化。

当然，数据不可能造假。质量并没有改变，改变的只是数据。实际的情况是他们根据已知星体的质量和比其更大的行星质量预测该物体的运行轨道，但是那个物体并没有按照预测的轨道运行。于是计算机软件不断调整数据，根据物体最新的运行轨迹估算物体质量。

那根本不是一个“物体”。它有自己的运行轨道，并且使用自身的动力在移动，完全脱离于行星和星体的引力。

卡洛塔指示计算机软件把那个物体视为一艘星际飞船。

很快，她就收到了一份完全不同的报告。那艘飞船有了一个恒定的质量——比希罗多德号的质量大一千倍。但是它的运行轨迹非同

虫二姑娘 著
小夫妻互怼日常，完美“撩夫”秘笈
我可能结了个假婚
本书擅长 不动声色撒狗粮 一言不合讲段子
人家写恋爱，
是我不喜欢这世界我只喜欢你。
我写恋爱，是山无棱，天地合，
不是你死就是我活。
万万没想到，
我能出书是因为
我老公怼我怼得清新脱俗。
人生真是世事难料啊。
SNCE inc. 漫娱文化 创造内容 分享快乐
超值定价：39.80元
随机赠送一张精美书签

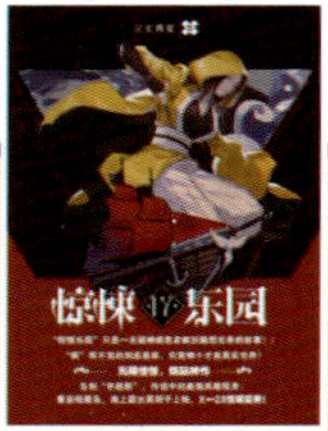

《超维幻界之惊悚乐园17》 三天两觉
29.80元/册

所谓“惊悚乐园”，只是一名精神病患者疯狂臆想出来的故事？究竟哪个才是真实世界！

《白夜灵异事件簿》 风魂
35.00元/册

《漫客小说绘》连载经典作品 / 新增独家番外故事《开张大吉》

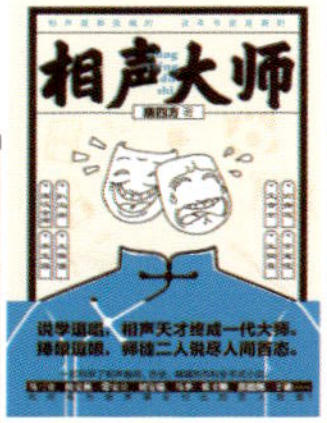

《相声大师》 唐四方
35.00元/册

中国首部以相声为主题的小说
听相声百态，读故事精彩。

《回到过去变成猫7》 陈词懒调
29.80元/册

猫奴必备读本/因为有猫才爱上这座城，因为孤独的城市才爱上猫。

《心理禁区》 范黎
35.00元/册

心理咨询师的催眠治疗手记
首度曝光/真实记录精神病们背后的故事。

《三界宅急送》 裟椤双树
58.00元/全两册

超级畅销书《浮生物语》姐妹篇全集修订/新增十五万字超长番外故事

《梦游症3》 方洋
35.00元/册

国内第一部梦游症患者访谈手记 /年度畅销脑洞故事集

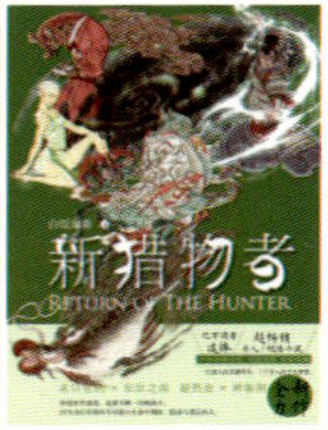

《新猎物者4》 白饭如霜
29.8元/册

十年经典名作全新重制
最潮流的非人世界和不一样的妖怪人生

寻常。那艘飞船进入星系时正在减速。它并不是朝着星体前行，而是朝着一个宜居带的岩质行星驶去。

即使是人类最大的殖民飞船也没有这么庞大，看来他们应该是要飞向那个行星。假如希罗多德号正在执行行星探索任务的话，那个行星肯定就会拉响所有的警报。不过结果是希罗多德号按照常规将安赛波收集到的所有天文数据发送给了主控图的监管者。本来主控图是由联合舰队持有的，但是最近几个世纪以来，一直是星际议会在掌管着更新的数据。

希罗多德号的初始报告已经发送出去，标注了行星的质量为1.2G。也就是说宜居带肯定有大气，不过其中的氢气含量比地球要高，并且缺少像地球与月球这样的双星系统，大气的成分目前还无法预测。由于他们将在地球时间大约四分之一个世纪里越来越靠近这一行星，关于大气干扰的更多信息会进一步收集和传送。

但是卡洛塔关心的并不是那颗行星。对他们来说，行星没有什么用处，因为父亲连0.5G的引力都承受不了，更不用说1.2G了。而有一艘外星飞船此时正在接近那个行星，说明行星上的大气吸引了那艘飞船上的种族前往那里。对于希罗多德号来说，最应该关注的是那艘外星飞船的存在。

如果没有相关仪器设备的话，在星际中存活的物种根本无法在太空里航行。所以当外星飞船经过希罗多德号时，很有可能会探测到希罗多德号的存在。冲压进气口和等离子发射器对于外星飞船来说是潜在的危险，即使双方的轨道不会发生碰撞，也会让它感觉受到威胁。

由于外星飞船正在慢慢靠近行星，也许它还载有小型太空船，卡洛塔猜不出那艘飞船或者小型太空船能否加速，并且达到希罗多德号的速度。

既然她知道了那是一艘外星飞船，那么他们现在有几个选择。希罗多德号可以悄悄避开，不要太过靠近星系。这样可以隐藏行踪，避免被外星飞船发现。也可以使外星飞船拦截他们的可能性降低。他们的等离子发射器和质量收集装置对任何物体都不会产生影响，所以理所当然会被当成是星系中的一部分。

但如果避让的话，哪怕偏过很小的角度，也必须让希罗多德号骤然减速。因为以接近光速的速度行进的物体，包括希罗多德号这样的飞船无法轻易地转弯。只有减速到光速的 80% 以下，才有可能稍微偏离既定路线；如果要偏离 1 度以上，则需要速率减半。

这样的话，他们就得回到正常时间流速。在低速状态下，接近光速所产生的相对论影响将大幅减小，甚至可以忽略不计。这就意味着，在希罗多德号上进行的基因研究进程将极大地放缓，一天最多相当于地球的两天，也许更少，不会再像以往那样有跨越式的进展。

这有什么意义吗？在人类世界里，没人在研究安东的钥匙了——只有父亲和安德还在坚持着，而他们的工作也不会因为飞船速率的改变而放缓。本来在时间延缓的这段期间，基因方面的研究应该会有些突破，在四个多世纪的时间里，所有应该取得的突破都几乎出现了。所有值得关注的研究线索都已经公开，却仍没有什么实质性的进展。

不过卡洛塔知道他们不止有这两种选择——继续以近光速直线航行或者大幅减速偏转航线，然后再尽快回到光速行驶。其实还有第三个选择，那就是停下来与那艘外星飞船相遇。

这样很危险，甚至有可能会致命。人类曾经只遇到过一种外星物种，然后发动战争使它们灭绝。按照《虫族女王》一书的作者，笔名为“死者代言人”[①]所言，虫族根本没打算要消灭人类。但卡洛塔并不相信这一点——一个种族都已经灭绝了，就算给它们洗白也没有证据。

所以放慢速度去见见这艘外星飞船，这个选择非常冒险——甚至会送命。第一艘进入地球太阳系的虫族殖民飞船就被毁了。先是在柯伊伯带以及小行星带的两次早期遭遇战，接着是虫族企图以自己的种族代替地球上的动植物而降临地球的登陆战，几次战争牺牲了成千上万的人类。保卫地球的战争残酷而激烈，直到最后一刻都胜负难分。

---

① 死者代言人，安德·维京的笔名。

虫族的科技比人类更为先进，但是人类利用虫族思维意识上的漏洞打赢了战争，粉碎了虫族第一次殖民地球的企图。等到联合舰队到达虫族世界时，人类的科技水平已经与虫族不相上下，唯一不同的是人类飞船的冲压进气口上装备了分子分解力场。武器化了的分子分解力场被用来彻底摧毁虫族的家园以及所有的虫族女王。

人类的力场对虫族来说是致命性的武器，这次出现的外星种族会不会也有这种类似的毁灭性科技呢？即使双方的科技水平相当，他们会不会比虫族更残暴恶毒，冷酷无情呢？

问题是现在即使想避开他们也已经太迟了。不论希罗多德号怎样操作，都无法避免被探测到——等离子路径一定会被跟踪，直到消失不见。由于他们离开地球时速度接近光速，所以他们的飞行轨道像发出去的箭一样笔直，外星种族可以沿着希罗多德号的等离子发射痕迹一路找回去，从而发现人类的家园，甚至就算发射痕迹消失，他们也可以追踪到。

巨人和他的孩子们有自己的任务——在保持光速航行条件下，致力于基因研究，拯救人类物种的变种，也就是他们自己。尽自己一切所能挽救自己的生命。

但是如果人类都被灭绝了，那还有什么用呢？

所以更有利的选择就是减速停下来，而不是偏离航向。这样他们就可以尽可能多地获取外星飞船以及船上外星种族的信息。通过安赛波，他们可以将了解到的信息上报——直到被外星种族摧毁的那一刻为止。一旦外星人根据希罗多德号的飞行轨迹追踪到地球，人类就会有时间做好遭遇这些外星人的准备。

但是也说不定这个外星种族的科技水平比希罗多德号更低。也许他们会很友好。甚至也许他们是有荣誉感的外星人。

不管怎么样，至少在卡洛塔看来，整个人类很可能都得感激安东尼尼人，或者安德用父亲的小名起的名字——豆子人的这艘小飞船。人类与其选几个大使访问这种新的外星种族，还不如选择伟大的战士朱利安·德尔菲克和他的三个绝顶聪明的孩子。如果有能够跟这些外星人相抗衡的人类的话，那就非这艘孤零零的小飞船上的天才们莫属。

而且小队长终于有了用武之地，也就不用想方设法杀死父亲——或者什么假想的敌人了。

卡洛塔发送了一个信号给安德和小队长。跟我一起去见巨人，有重要的事情发生。然后她复制了一些相关的图表和报告发送到父亲的全息电脑上。

SHADOWS IN FLIGHT

CHAPTER 04

Orson Scott Card

CHAPTER

04

陌生人是敌人

如果呼叫的人是巨人或者安德，辛辛纳图斯就不搭理了，但是对卡洛塔，他并不排斥。毕竟她对他一向恭恭敬敬的，也从不会浪费他的时间。而安德和巨人则都觉得小队长做的事情没什么价值，所以总把他呼来唤去。

载货区一直是巨人休息的居所，但是小队长还记得以前巨人常常冒险出来去实验室和驾驶舱。只是这一年多以来，巨人生长得太快，即使是经过重新设计的船舱通道也容不下他日益庞大的身躯了。辛辛纳图斯眼前还能闪过巨人当时无比沮丧和伤心的表情，因为从那一刻起他就成了载货区里的囚徒。

上一次小队长走进载货区，正是被安德偷袭痛打之后。只是他现在身上已经不疼了，伤口和淤青也已经消失。安德现在一副若无其事的表情，仿佛什么都没有发生过似的。也许对他来说，这件事不值一提，早就抛诸脑后了。

可辛辛纳图斯却日思夜想，刻骨铭心。愤怒和屈辱始终压在他心里，让他备受煎熬。他得干点儿什么来驱走内心的痛苦，却又不知该做什么。他当然不会攻击自己的兄弟姐妹——这是一条绝路，本就没有兴盛起来的新种族也许就此灭亡了。安德也许会认为辛辛纳图斯的基因可有可无，但他心里却知道他们当中最优秀的是安德，他的基因是最应该传到下一代的。不管辛辛纳图斯有多生气，他终究还是比不上安德。

根据卡洛塔的要求，巨人将自己的全息电脑与巨型全息显示屏连接上，然后她为大家指出了那艘正在向他们靠近的外星飞船。

他不需要卡洛塔告诉他怎么办。

“我们当然得停下来跟他们联系，”辛辛纳图斯说，“没别的选择。我们不可能不调查就稀里糊涂地把潜在的敌人留在我们身后。”

其他人也点头表示赞同。这群聪明人完全不需要讨论，因为答案显而易见。

“安德没有理由停下基因研究的工作，”巨人说，“我们正在研究细菌潜伏期的问题，这个课题很有研究价值。卡洛塔可以负责飞船减速、靠近和沟通联系。”

辛辛纳图斯再一次陷入失望。跟以往一样，没人觉得他能做些什么。

卡洛塔在心里默默地祈祷开来，她有些怜悯地看着辛辛纳图斯。他一定不喜欢这样的安排。他感到被侮辱是显而易见的。“那小队长呢？”

巨人看着卡洛塔，仿佛在看着一个傻瓜：“他得去给希罗多德号装备武器，如果事态严重的话，我们好把那艘外星飞船炸成灰。”

等的就是这个。辛辛纳图斯有生以来第一次感觉到自己的重要性。巨人终于开始器重他了。

安德有些疑惑，这是肯定的：“我们还是尽量避免大动干戈吧。”

巨人叹了口气，安德现在完全是一副质疑他的表情。“安德鲁，有时候我觉得你好像忘了其他人其实也跟你一样聪明。在没有了解到敌人真正实力的前提下，辛辛纳图斯是不会轻易动武的。即使我们知道了对方的底细，他也不会立刻就开战。我们不需要战争。我们需要的是对敌人正确的估计。但是如果他们想打仗，我们也得做好准备，因为只有超级先进的科技才有可能摧毁或者抓住我们。”

辛辛纳图斯无需言语。他有任务可做了，而且是一个十分重要的任务。更重要的是，他得到了巨人的信任。

接下来的几个星期里这种信任一直在持续，巨人看了辛辛纳图斯的所有提案，除了给出几点建议以外，全部批准通过。卡洛塔帮他在狗狗[1]上放置了一个小型的分子分解力场，既作为防护盾，也是

---

①“狗狗”和“猎犬”是希罗多德号上装载的两艘小型飞船。

武器。辛辛纳图斯花了好几个小时，在一个个小小的大气探测器上精细地装备上了武器，可以发射不同程度的火力。最重要的是设置军械库，以便根据不同程度的火力攻击作出迅速的反应。彻底摧毁是最不理想的结果。这次航行中他们会遇到多少外星种族呢？即使要杀死外星种族的话，最好也能留下一些活口供他们研究。把外星人和他们的飞船炸成一片原子云团，是不得已的最后手段。

这就是辛辛纳图斯终日训练的成果。从他开始自我修炼的那一刻他就预见到今天了。巨人在鹿特丹的街头，凭借自己的聪明才智、冷酷无情以及对别人适度的信任保护了自己，并且在能力远超过他的那些敌人中顽强地生存了下来。后来，卡洛塔修女挖掘出了他，让巨人去了战斗学校，终成了一名在各方面都独占鳌头的精英。

辛辛纳图斯仔细翻阅过所有巨人在安德·维京的指挥下参加的伟大战役。一次又一次地阅览这些记录，他认定了巨人是他们当中最优秀的那一个。维京显然也非常清楚这一点，他依靠巨人完成了最艰难的任务，而且对于巨人的建议或忠告都深信不疑。

他的兄弟就是以安德鲁·维京的名字起名的。很显然————巨人很爱这个孩子，而且对他很好。巨人给他的女儿起名叫卡洛塔，以纪念那位叫卡洛塔的修女，因为是她救了巨人，也看到了他的价值，并且把他送上了战场。可是辛辛纳图斯这个名字，与巨人过去的经历完全没有关系，不是任何他曾经认识的人。辛辛纳图斯是一位伟大的罗马将军的名字，这位将军曾经拯救了自己的国家，而后解甲归田，平静地度过余生。

这就是巨人的梦想——也是这次航行对他来说的意义。他也想要这样平静地走向生命的终结，为拯救他的孩子们献出自己的生命。

对于辛辛纳图斯来说，他的名字显然就预言了他今后要做的事情。你是一个战士，巨人曾经常常这样对他说。你将跟随我的脚步，走向战场。我的军事生涯已经结束，这个使命就交给你了。

所以，辛辛纳图斯刻苦努力，坚持不懈地学习一切关于战争的知识，从武器装备到排兵布阵，从军事战略到后勤保障。每一个历史时期，每一场军事战役，每一位将军的优劣，都熟记于心。通过战争的掠影，他知晓了一切。如今，他早已做好了准备。

那么他得到了什么呢？一个“小队长”的绰号，仿佛他只不过是个未受任命的士官，永远不会成为一个指挥者。

于是辛辛纳图斯讨厌这个绰号，也厌恶他们对自己的轻蔑。他依然选择坚持走自己的路，因为他知道巨人作为鹿特丹街头最小的孩子，以及战斗学校里最小的学员，曾经遭受过比这更恶劣的虐待和侮辱。巨人是在考验他。我要让他看到我是不会屈服的，任何事情都不会把我击垮。

巨人一直以来都和另外两个孩子商讨事情。跟安德讨论基因的问题，跟卡洛塔商量飞船的事情。而辛辛纳图斯则只有孤零零地一个人。他曾经因此而无比绝望，也曾在心里默默地想过巨人到底给他的是一个什么定位。他最终还是得出了结论，巨人不相信安东的钥匙是能够逆转的。巨人最后的一项任务失败了。如同一个拼尽全力却失败的罗马人，无力回天，只有坐在浴缸里，割开自己的静脉。只不过这不是战士死去的方式。像巨人这样伟大的战士，应该由另一名像我一样的战士手持长剑刺入他的胸膛，如同战死在沙场。

这就是辛辛纳图斯心里曾经有过的想法。但显然他错了。

为什么是我错了呢？他对着巨人无声地呐喊着。你从不跟我说话，也从不跟我说你想要什么。我紧紧跟随着你的脚步，你打过的每一场仗，我都熟记在心，倒背如流。但是你却把我丢在一旁，让我自己去猜测我的价值以及我该做什么，没有任何的提示。你撇下我孤独一人，让我和当年在城市的街头独自漂泊的你一样。

当安德打破了他的鼻子，伤了他的喉咙——甚至差点打算杀了他之后，辛辛纳图斯绝望了。他感觉自己就像个忤逆之子，想抢班夺权却终成一场空，而现在，在巨人的这个家里，他变得和一个仆人一样。

但就在此时，在他年华虚度的人生最低谷，敌人突然出现在了地平线上。而巨人也终于将目光投向了他，授予了他继承者的名分。这是当然的了，因为他才是制造武器的人！因为他才是将为战争的到来而做准备的人。

辛辛纳图斯已经准备好了。他已经计划好怎样在飞船上装备各种武器。他编写了等离子排气口上的瞄准程序，一旦有目标接近希罗多德号就会一下子被炸得粉碎。他还创建程序把冲压进气口变成了真正的武器，它可以创造出一个分子分解力场，消灭一切靠近它的物体。辛辛纳图斯很早以前就对旧式联合舰队以及新的星际议会中所有数据库资料都了如指掌。他对自己很有信心，一旦开战，他会把前来挑战的各种人类战舰一一打败。

是的，他一向认为他们最大的威胁终究还是来自于人类，因为人类肯定会下定决心除掉豆子人，以防他们取代人类，从而成为主宰宇宙的生命体。

只不过这次他们遇到的是一艘外星飞船，辛辛纳图斯也因此得到了巨人的信任，他的意见得到采纳，飞船开始减速，将要与外星飞船相遇。他本应该感到欢欣鼓舞，以及一雪前耻的欣慰。

但是他心中的感觉只有释怀和一丝苦涩：直到兵临城下了，你才想起了我？你才明白你需要有一个当战士的儿子了？

然而这种释怀和苦涩的感觉很快就过去了，因为他面对的是现实。其实日复一日，他心里的恐惧感正在与日俱增。不，不只是恐惧，而是畏惧。这其实才是他最真实的内心感受。因为他所有军事上的知识以及制定出的计划，全都是基于历史和理论上的。而现在他面对的敌人，却是真真切切的。

要是辛辛纳图斯没有做好，他们大家就都得死。如果他太早使用致命武器，就会遭到毁灭性的报复；要是延误战机，让敌人先发制人，那么他们还没开火就会被摧毁了。又或是在飞行时，对于敌人意料之外的战术没有做到及时应对，他们也都难以幸存。

巨人很幸运，永远都不用把所有的责任都扛在肩上。他上面有安德，安德的身后有着霸主彼得。辛辛纳图斯虽然有巨人，但是巨人已经归隐山林。他的行动缓慢，而且作战的压力会使他的心脏负荷过重，甚至可能会直接导致死亡。辛辛纳图斯只有独自备战，力保他的兄弟和姐妹——他的亲人和同族——存活下去。

安德做研究时如果犯了错或者走进死胡同，顶多叹口气然后重新开始。除了浪费些时间，也没别的什么损失。

但是如果辛辛纳图斯犯了错，他们就都一命呜呼了。

没有事先预演。也没有比赛和测试。怎么可能有呢？巨人在战斗学校时，虫族早已为世人所知，所以还可以针对虫族进行训练。但是这些新的外星种族——大家对其一无所知。他拿什么训练呢？

辛辛纳图斯发现自己僵住了。他本来应该继续完成任务的，但是他突然发觉自己总是愣神，半个小时，甚至一个小时都什么也干不了。脑子里总是不由自主地出现一些虚幻的场景，全都是些灾难性的场面，而且还都是由于他的错误造成的。那些场景中的他，或压抑窒息，或全身僵持动弹不得，或惊恐狂乱，眼睁睁地看着自己的兄弟姐妹任由敌人欺凌和摆布。

他们把生命都交给了他，在他们的眼里，他已经成竹在胸。飞船装备好了作战的武器，软件也已经经过测试，一切都运行良好。可他们不知道的是，在他的心灵深处，他几乎已经快要被恐惧逼疯了。

我得告诉他们。我要告诉巨人，我承受不了这个责任了。我不是你的继承者，只是个令人失望和后悔、总在犯错的家伙，一个彻头彻尾的失败者。假如战争来临，一切都指望不上我。

他一次又一次地下决心，想要找巨人谈谈自己的心境。可是谈着谈着就讨论起过去的战斗来。为什么你要这么做？为什么安德·维京要那么做？

巨人似乎很享受跟他讨论这些事情。“安德·维京最大的优点就是了解他的敌人，比如在战斗学校里跟他打架的那些孩子，以及虫族。他真的不知道自己正在对抗的敌人是虫族。他以为对手是马泽·雷汉，就是那个发现虫族女王，并且运用自己的知识和智慧赢得第二次虫族战争胜利的人类。所以，安德把马泽·雷汉当作虫族女王，跟他对战。他始终以为马泽·雷汉只是在模拟虫族的作战方式对他进行训练。因此，安德努力去了解的不是马泽·雷汉，而是马泽·雷汉所模拟的虫族。”

“你也跟安德一样，不是吗？”辛辛纳图斯问道。

“不，”巨人说，“我那时候还很小。我恨我的敌人，我把对敌人的恐惧当做了我的动力。比如敌人要做什么，他们会采取什么行动，他们有没有能力做到，我必须时刻戒备，做好应敌的准备。而且我做得确实非常非常好，反应很迅速。但是安德却不这么想。他在思考的是：到底敌人究竟想要什么？他们要得到什么？我怎么才能给他们想要的，以此来让他们暴露自己的弱点？我该怎么挫败他们的锐气和战斗的意志，消除他们作战的能力？安德的思维方式跟其他人完全不同。”

“那你为什么不采取他的思维方式？”辛辛纳图斯问。

“我当时并不知道安德在做什么。我们很亲密——我是他最好的朋友，而他是我唯一的朋友，甚至只有安德在场的时候，你妈妈和我才彼此包容。但是我并没有意识到安德的做法跟我相比是那么的不同。我当时只是觉得他的想法还有他的命令都来自于他天才的头脑。有时候，我甚至都觉得他的命令有些疯狂，却总是奏效，所以后来被我称之为天才的想法。”

“那为什么你不学一下他的方法呢？”

“因为安德知道如何去爱。我并不是说那种热得发烫，甜得发腻的感情——这种感情我也没体会过。我说的是把自己放在别人的角度，体会对方的需要，了解对方的渴求，知道对他们来说什么才是真正最好的。你需要对他们的了解比他们自己更深刻。就像母亲了解自己的孩子那样，比如孩子自己说不困，母亲却能看出其实他困了。安德对敌人就是这样。他能彻彻底底地把对手看穿看透。然后他帮助敌人发现最真实的自己，那就是，他们不是战士。他们并没有作战的天赋。安德会让他们知道战争对他们来说并不是最正确的道路。这话本来也没错。战争的确不是最正确的道路。因为如果你热爱战争，你肯定就会输掉战争。反而是像安德那样厌恶战争的人，才会想方设法赢得胜利，目的正是为了结束战争。”

“厌恶战争，所以才能打赢战争。爱你的敌人，所以才要摧毁他们。我不喜欢这种自相矛盾的话，总是感觉好像是骗人的。”

“通常我们就是在自己骗自己。但是这真的不是自相矛盾。如果有人觉得自己喜欢战争，那肯定脑子有问题，因为战争会摧毁一切，战争就是毁灭之道。所以假如战争无法避免，那么你就得让你的敌人知道战争会如何摧毁他们。一旦他们知道了，他们自己就会想办法停止战斗。”

“可是安德做的不是杀死敌人么？这样岂不是更好。”

“不，”巨人说，“他本意并不想杀人。记住，他与虫族女王对战时，一直以为是在进行训练，是在接受马泽·雷汉的测试。所以他的目标是让他的老师看到测试的过程是毁灭性的。他确实是在跟虫族作战，但实际上他自认为是模拟训练，因此才残忍无情。”

“他在战斗学校里杀死了那个男孩。”

“他是自卫。虽然有些残忍。但他的本意并不是要杀他。他只是想让邦佐①看到坚持对战将会导致毁灭。他其实很爱那个男孩，很欣赏那个男孩的自豪与荣耀感。他一直努力地去救他。”

“我觉得跟他相比，你才是更为优秀的战地指挥官。”

---

① 邦佐·马利德，来自西班牙的战斗学校老兵，曾任火蜥蜴战队队长。安德·维京从新兵小队升入火蜥蜴战队时，专横的邦佐因不得不舍弃一名组长为安德腾地方而对缺乏经验的安德产生了厌恶心理，此后不断地找安德的麻烦，甚至禁止安德参加训练和比赛。安德升任飞龙战队队长后，曾率队大胜邦佐指挥的火蜥蜴战队，并因跟教官赌气，无意中忘记接受邦佐的认输仪式。邦佐因此愈发对安德怀恨在心，最后，趁安德赛后单独在盥洗室洗澡时，将安德堵在里面，试图对安德进行人身伤害，却被安德顶碎头骨而死。邦佐之死造成了格拉夫上校的被解除职务，以及战后受审。格拉夫之所以在明知邦佐威胁的情况下，放任其行为，是为了让邦佐激发善良的安德的战斗意志。

“我确实比安德更迅速敏捷，也比他更冷酷无情。”巨人叹了口气说。

“但是在一次又一次的作战中，我才明白了安德的做法是正确的。当我终于理解了他在做什么时，我也尝试学着去做。我只是……没有爱敌人的能力。我非常了解阿喀琉斯，但却不爱他。对他，我只有恐惧。直到最后，我没有别的选择，只有杀死他——这就是我的人生观。阿喀琉斯不是邦佐，他永远不会停止战争，因为有人让他看到了战争带来的破坏力有多强大。他要的就是毁灭，他喜欢毁灭。他才是真正的魔鬼。”

“如果换做是安德，他会怎么对阿喀琉斯呢？”

“跟我一样。他也会杀了阿喀琉斯，或者想要杀死他。阿喀琉斯很聪明，反应也很快，说不定他会打败安德。”

“但是他打不过你。”

“我不知道是不是‘打不过’。他没有打我。”

一次又一次的交谈中，辛辛纳图斯一直想问的其实是，你害怕吗？因为他自己现在真的很害怕。

但辛辛纳图斯终究还是没有问出这句话。一次次的谈话和倾听之后，他又回到了无尽的恐惧感中，回到了担心自己无力应战的、与日俱增的恐惧感当中。

于是他开始做噩梦了。脑海里不断闪现着虫族的画面，安德和卡洛塔，还有巨人被撕扯着，不断地尖叫：“小队长！救我！救我，小队长！”在噩梦中，他手里握着威力巨大的武器站在那里，却始终无法瞄准敌人，更开不了火，他只能呆呆地站在原地看着自己的亲人死在自己的面前。

他们三个人一起搭床铺睡在上层的实验室。但是自从他开始做噩梦以后，辛辛纳图斯就开始睡在狗狗里，或者飞船里的其他地方，只要有个可以让他蜷缩着，在噩梦开始之前能睡几个小时的地方就行。

他强迫症般一遍又一遍地检查武器，确保这些武器都可以发射，仿佛战士担心自己的枪会哑火一样。

他们放出了无人机，飞在希罗多德号前面，无人机上开始传来图像。辛辛纳图斯紧张不安得几乎难以呼吸。他不相信其他人没有发现他的异样。偏偏他们就是没有发现。当大家讨论计策战略时，始终尊重和听从他的意见。当从传过来的画面上清晰地看到如怪物般庞大的外星飞船时，他们坦诚地表现出了心里的恐惧——紧张不安，强颜欢笑，说着蹩脚的冷笑话，坦言心里的畏惧。但是辛辛纳图斯什么也不能表现出来，因为他们还是一如既往地信赖和依靠他。

奇怪的是，尽管辛辛纳图斯心里充满了极度的恐惧，他的大脑却始终思维缜密，丝毫没有僵住。

“没有看到无人机被敌人发现的迹象。”辛辛纳图斯说。

“实际上，虽然敌人就在星球的同步轨道上，但是却并没有看到他们有任何侦查探测星球的动向。”

“也许他们有设备仪器，不需要穿过大气层就能进行探测，”卡洛塔说，“毕竟，我们就能做到。”

“我们可以确定出含氧量，所以知道那是一颗被植物所主宰的行星，”辛辛纳图斯说，“但是如果我们要在那里定居，就会派出无人机采集生物样本，从而确定生物的化学成分，看看与我们是否相匹配，能否和谐共存。”

巨人发出了长长的低哼声。

“嗯……”然后说道，“虫族不需要这么做，因为当他们入侵殖民以后，他们有一种气体能够把所有的生命体化成一种原浆性的黏性物。他们的策略就是消灭原生的动植物群，并以自己的动植物群来取代。”

“所以虫族来到地球时，他们根本不需要进行任何探测或者测试？”卡洛塔说。

“就目前所知来看不需要，”辛辛纳图斯说，“近几个月来我一直在仔细查阅资料，所有我们预料虫族会做的事情，他们都没有做。现在我们知道这是为什么了，但当时我们也无法猜到他们到底想要干什么。”

“你说‘我们’，好像你当时参战了似的。”安德说。

“我们人类。我们军人，”辛辛纳图斯说，“就像你说‘我们’就是指那些科学家一样。”

“那你的意思是说这些外星人很像当年的虫族？”卡洛塔说。

“当然不是。”辛辛纳图斯说。

“怎么可能像？”安德似乎有些不耐烦地说，仿佛卡洛塔问了一个愚蠢的问题，“想想虫族和人类有多么不同。这些外星人肯定与虫族或者我们有很大差异。”

巨人再次开口：“辛辛纳图斯要说的不是这个。”

安德和卡洛塔看向辛辛纳图斯：“哦，那你的意思是什么？”

辛辛纳图斯看着巨人，说道：“你觉得我要说的是什么？”

“说吧，”巨人说，“不需要经过我的同意。”

这其实就等于暗示了他已经得到了巨人的认可。

“我的看法是，”辛辛纳图斯说，“那艘飞船并不像虫族。那就是虫族。”

卡洛塔和安德惊讶不已。安德不由得大笑起来，卡洛塔甚至带出了一丝嘲笑声：“虫族都已经灭绝了。”

辛辛纳图斯耸了耸肩。他们信不信无所谓。

反正他的看法总是错的。

“给他们讲一下吧。”巨人说。

“那艘飞船没有发送任何无线电波。没有无人机，也没有探测器。引擎动力只够使飞船进入围绕行星的轨道。然后什么动静也没有。难不成还是艘人类的飞船？”

“我们没说那是人类。”安德说。

“不管怎样，那艘飞船都没有使用电磁波进行通讯。”

“那么他们就是用安赛波。”卡洛塔说。

“不止如此，”辛辛纳图斯说，“看起来也像是一艘虫族飞船。虽然不是入侵地球的那种，但是从外观美学设计上看，是虫族的工作船。”

“这船根本没有什么美学可言。”卡洛塔说。

“要从虫族的角度来看。他们并不要求优美的线条或者比例。看看那些舱门。成年人类会用这样的门吗？又矮又宽。但是对于虫族的工虫来说，这样的设计很完美，方便他们急出急入。就像虫族殖民舰船上的舱门一样。他们派到地球的殖民远征飞船是新型的，比现在看到的这艘更小巧简洁，速度也更快。虽然并不像希罗多德号这样能够到达几近光速，但是也几乎能达到相对速度。但是这艘飞船——你看得出来有可能达到相对速度吗？”

卡洛塔脸红了：“我还真没想到这一层。确实达不到相对速度。那艘船的护盾是石头，而且没有冲压排气口。它必须输送足够的燃料才能使巨大的石板产生加速，然后在航行的最后阶段使其减速。这是艘慢船。”

“几乎就是个月球。”安德说。

“在第一次殖民行动中，虫族肯定是派遣了类似这样的飞船，”辛辛纳图斯说，“船体庞大，因为得运载和维护一个生态系统，飞行时间不是几年而是数十年。石盾的作用是为了能够在飞行中抵抗住石块的碰撞，而不是抵御放射物。他们最早发现殖民地时使用的飞船肯定类似于这艘。”

“那这艘飞船航行多长时间了？”

“以光速十分之一的速度航行——他们可能有足够的燃料，你觉得呢，卡洛塔？”

卡洛塔耸耸肩，说：“可能吧。”

“他们或许已经飞了七百年了，甚至一千年也有可能。看看护盾上的那些坑坑点点，不知道经过了多少次撞击才成这样。”

“维护一个生态系统的时间可真够长的。”卡洛塔说。

“如果真是一艘虫族飞船的话，”辛辛纳图斯说，“而且真的已经飞了七八个世纪，甚至十个世纪的话，那么上面什么情况都有可能发生。比如疾病或者不可再生微量元素消耗殆尽。我觉得他们可能几个世纪以前到达了最初设定的目的地，但是那里不适宜居住，所以他们继续航行，寻找另一个星球。这也许是他们找到的第一个星球。”

卡洛塔摇了摇头，说道：“当年他们来到地球的时候，虫族直接降落地球表面，开始对地球进行改造。可在这里，他们什么也没有做。我觉得他们都已经死了。”

“那他们是怎么进入同步轨道的呢？虫族从不对计算机进行更新升级，因为他们用所有工虫的大脑来储存并且处理数据。他们没有我们所拥有的自动化控制系统。所以肯定是他们当中有人发现了这个星球，然后把飞船开到了这里。”

“那他们为什么停滞不动呢？”安德问道。

“因为他们看见我们了。”辛辛纳图斯说。

安德讥笑着说：“拜托，来到地球时，我们的飞船就成群结队像蝗虫一样到处飞，从柯伊伯带四处乱窜！”

“但是对他们来说，当时我们的飞船根本不值一提，”辛辛纳图斯说，“慢得离谱。他们那时已经有了达到相对速度的星际飞船，而我们连太阳系都从没离开过。现在，我们向那些外星人展示了什么呢？一艘能比他们更接近光速飞行的高科技飞船，而他们却坐在一艘古老而缓慢的方舟里。所以他们才不敢有任何行动，他们是在等着看我们的行动。”

巨人高声说话了：“我们先假定确实如此。”

辛辛纳图斯感觉到一丝胜利的激动。巨人跟他一样，对大致的情况早就了然于心——甚至比他更快。而且巨人也认为辛辛纳图斯对形势的理解和看法是正确的，而其他人则没有看清楚状况。

“那么……我们该做什么呢？”卡洛塔问。

“不能轻举妄动，我们还没准备好。”辛辛纳图斯说。他看到巨人脸上出现了一丝笑意。“还记得吗，虫族是通过彼此的心灵感应进行交流。飞船上肯定有一个虫族女王，不然派出殖民队伍就毫无意义。所以，如果这个女王像来到地球的那个一样的话，她正在等着希罗多德号上的女王跟她联系。”

“不，”巨人说，“已经很接近了。但你还漏掉了一点。”

辛辛纳图斯脸红到了脖子，然后他立刻就明白了巨人的意思:“我忘记了。对啊，这个虫族女王肯定能和已建立的殖民地上的所有女王以及她的老家联系。她们知道她在这里，也知道她正在继续寻找另一个星球。假如她死了，她的位置就被她一个女儿取代，她们也会知道有新女王上位。因为距离对他们来说从来不是什么问题。所以当这个女王发现我们是人类时，她就会知道是我们这个种族杀死了其他所有的虫族女王。”

安德点点头，说：“我们有些异想天开不是吗？她根本不认识我们的飞船，因为我们的飞船任何虫族女王都没见过。因此，她就会认为我们也许是另一个种族的外星生物。但是假如她真的知道我们是人类，我们肯定会被当成是她最残忍恐怖的敌人。她会认定我们打算要杀死她。”

“她还能相信什么呢？”卡洛塔问。

“除非……”巨人说。

“除非什么？”卡洛塔问。

辛辛纳图斯猜不出巨人在想什么：“也可能她不知道吧？”

“不要猜，”巨人说，“动脑子思考。”

卡洛塔突然想了起来：“死者代言人。”

“那是虚构的小说。”安德说。

“你们这些科学家认为这是虚构的，”巨人说，“可成千上万的人相信那是虫族女王的真实记录。”

“你还知道什么隐情么？”辛辛纳图斯说。

“我知道死者代言人是谁，”巨人说，“因为他还写了《霸主》。现在人们把这两本书合在一起了。我深知彼得·维京这个人，而且我要告诉你们，在《霸主》这本书里，死者代言人对于霸主的描写，每一个字都是千真万确的。对于你们母亲的描述也都是真的。在《虫族女王》这本书里，他写的也同样没有半点虚假。”

“怎么可能？”卡洛塔说，“他们都死了啊。”

“显然没有都死，”巨人说，“那些都是死者代言人的亲身经历。”

“简直是说梦话呢。”安德说。

“如果这话是一个六岁孩子说的，也许是梦话，”巨人说，“而我的年龄比你们大三倍还多，我很清楚自己在说什么。但是你们却不知道。如果你们读过《虫族女王》这本书，就会明白虫族意识到他们犯了错误，并且对来到地球时杀死这么多有自主意识的生命深感后悔。他们以为我们都是工虫，从道义上讲，杀死工虫对他们来说就像剪指甲盖一样。他们意识到我们每一个人都是一个独立而不可替代的个体，于是停止在地球扩张，退回到太空。只是，他们没有办法告诉我们，因为他们没有语言，而我们又像聋子一样听不到他们的心灵感应。”

“这就是《虫族女王》肯定是虚构的另一个理由。”安德说。

“于是战争一直持续下去，直到我们把他们全部杀死，”巨人说，“这艘殖民飞船上的虫族女王肯定对于他们走的每一步，下达的每个决定都一清二楚。所以，如果她发现我们是人类，她会惧怕我们，是啊，不害怕才怪呢——但更有可能的是她会深感悔意，渴望向我们表达和平的意愿。”

“或者也有可能她会一心想要复仇，因为虽然他们没有再次入侵地球，但是我们却把她的同族姐妹全都杀死了。”辛辛纳图斯说。

“这也有可能，”巨人说，“当再次遇到人类时，她有大把的时间可以考虑怎样对待人类。也许摇尾乞怜，深表歉意；也许用计骗我们暴露自己的弱点；也许一旦发现我们是人类，就发动致命性的攻击。”

“不过也有可能飞船上的虫族都死了。”辛辛纳图斯说。

“你忘了他们进入同步轨道了。”卡洛塔说。

“我当然没忘，”辛辛纳图斯说，“你看着好像是死了，但是有时候这是个圈套，有可能他们只是保持沉默。”

“所以我们现在面临的是——”巨人说，“第一种情况，那艘殖民飞船上载满了暴怒的虫族士兵；第二种情况，飞船上是空的；第三种情况，船上有个虫族女王，只想跟我们做朋友。”

“那我们该怎么办呢？如果真是虫族的飞船，”卡洛塔说，“我们没办法用身份识别码呼叫它。”

“我觉得没有别的办法，只能派一个大使过去，”巨人说，“或者用更准确的术语说是，一个间谍。”

“派谁去？”安德问。看到安德不太情愿的表情，辛辛纳图斯觉得很好笑。

“这个嘛，我进不去狗狗，”巨人说，“所以我看肯定得是你们当中的一个。”

“我去，”辛辛纳图斯说，“我做的准备最多，如果有问题的话，还可以应对。一旦事态真的很严重，我也是最应该被牺牲的那一个。”

辛辛纳图斯看得出，在安德眼里这是个疯狂而可怕的主意。卡洛塔也有些疑虑。

但是巨人却很赞同。“先围着飞船绕一圈，看看他们有什么反应，”他说，“然后降落在飞船表面。如果能开门就开门，接受他们的检查，让他们看看你。如果发现有危险就立刻出来。如果没有得到任何回应，也立刻出来。你要做的就是打开门。不要独自一个人进去。如果发现没有暴力行动或者威胁，可以试着等等飞船里的生物或者什么东西自己出来，然后再开始跟它沟通交流。但别自己进去。”

“我不会进去的。”辛辛纳图斯说。

“他肯定会进去的，”安德说，“他肯定得进去。因为他是小队长。”

“你要是觉得我不会服从命令，那你真是一点儿也不了解我。”辛辛纳图斯说。

“他会见机行事的，”巨人说，“而且你们也不见得就比他强多少。”

既然巨人这么说了，安德和卡洛塔自然无话可说了。

只要他能顺利离开那里就好。

“而且，”巨人说，“辛辛纳图斯不会进去是因为他害怕一个人。”

他竟然知道，辛辛纳图斯绝望地想。我可以瞒住兄弟姐妹，却瞒不住巨人。

“我知道它使你感到害怕，”巨人说，“因为我也感到害怕。把这么重要的事托付给不知道害怕的人是很愚蠢的。”

他了解我，辛辛纳图斯想，而且他仍然信任我。“所以要是我回来时裤子都掉了也没关系，是吧？”他说。

“随便，”巨人说，“不过裤子掉之前要先跟我请示。”

SHADOWS IN FLIGHT

CHAPTER 05

Orson Scott Card

CHAPTER

05

不可能的任务

安德知道小队长此时正驾驶着狗狗环绕在外星飞船附近。他甚至只把狗狗传来的图像放置在他全息显示屏的一个小角上。但还是有些让他分心走神，他此时正在研究一个基金会的小组刚刚成功做出的一个基因模型。

外星飞船——有意思。也许对人类来说，这飞船关系到他们的生死。因为一旦出现误判，就会产生致命的后果，而且无法挽回。

但安德正在做的事情也同样是走钢丝。他面对的是失败和死亡。

使巨人和他的孩子们一生都不断持续长高的安东钥匙无法轻易逆转。促使新生的神经细胞和结构持续加速形成的生长过程也没办法逆转。

即使他们找到了途径可以使他们体内每个细胞的基因模式同时改变——过程中不可能没有一点儿损伤或缺失——他们的 DNA 也不会一下子就能轻而易举地改变，从而让他们在不变成傻子的前提下消除自身的巨人症。

不是变成傻子，而是变成正常人。这种结果也令他们难以忍受。二十年前，在沃莱斯库①的非法实验室里，一项以转动安东的钥匙为目的的实验，创造出了巨人及其被杀掉的许多兄弟。但是安东的钥匙不能只转动或者反转一部分。蛋白质细胞分裂的两个最主要的作用不能被分裂开来。

不过一年以前，安德以另一种方式开始了他的研究。他不再尝试反转安东钥匙，或其中任何一部分，而是创造出人类正常生长模式的代码——幼年时生长迅速，然后生长速度减缓，直到青春期时出现另一个生长发育的高峰。

只是问题在于DNA是一张蓝图，它所控制的细胞必须知道如何读懂这张图。由于安东钥匙已经转动，插入这种正常生长模式的代码会引起信号冲突，使彼此互相干扰。结果就是在细胞里堆积一大堆垃圾蛋白，没有吸收和代谢功能。一天之内细胞就会被杀死。

现在安德已经证实了插入代码创造垃圾蛋白的这套方式也会杀死安东钥匙所需的蛋白质。两个功能无法在细胞核内同时起作用。

他们进行的所有研究都创造出了令人惊叹的医学奇迹，可以帮

---

① 沃莱斯库是创造出“豆子”和其他22个人类胚胎的科学家。

助无数罹患各种家族遗传性疾病的患者解决痛苦。这些研究使人类基因得到强化或改善，从而使千百万人的生活得以改变。但是他们研究的真正目的却从来没能实现。如今，他们驾驶着飞船开往遗忘之地。也许他们真应该回到故土，安息在那里。

也许小队长说得对，在巨人还相信他的孩子们能得救的时候让巨人死去，对他来说是一种更仁慈的做法。

安德检查了一遍又一遍，查找其中的错误和缺漏，或是他们没有想到的问题，或是可以替代的方法，以及任何能想到的复杂的功能原理，期望这些能为他们精细复杂的研究过程中出现的一层层失误找到弥补的办法。

但是整个研究项目终究逃不过因果循环。人类基因组没有起到任何作用，每一个基因改变都会引起细胞损伤，弥补一个损伤又会引起更多的细胞遭到破坏。虽然有可能有更安全有效的方法使细胞再生，但是继续下去也没有什么价值。

“小队长在太空呢。”卡洛塔轻声说。

“别打扰我。”安德说。

“他正为了我们冒着生命的危险，你就不能关心一下吗？你就这么恨他吗？”

冒着生命危险。我们这算什么生命？但安德不敢说出心声。

于是他切换显示屏画面，看着屏幕上的狗狗已经降落在外星飞船的船体上一个明显的入口附近。安德把画面放大，盘旋的无人机图像显示小队长正从狗狗里出来，身上穿着增压服。他正用磁力吸附在飞船表面，而没有使用狗狗上的微型引力装置，因为他们不想冒险在飞船的另一端开启引力透镜——谁知道这会引起多大的损坏和混乱？磁力不好用，而且移动缓慢笨重，但最起码不会造成任何伤害。

小队长，别这么小心翼翼，畏手畏脚的。他在心里说。要是现在丢了性命，也没什么大不了的。反正我们余下的日子也不多了。

安德知道这很荒唐。如此的绝望和自我放逐着实让人很沮丧。这真的很不理智，也根本没什么用。只不过是四个无关紧要的人得了不治之症，活不长久罢了。这并不意味着他们不是寿命短暂但聪颖绝伦的新物种。更何况，通过进化和演变也许可以使基因发生转变——比如找到延长寿命的途径或者大大减轻巨人症的症状。事情还没有走到绝路，还有一丝希望。

现在更重要的应该是小队长还有那艘外星飞船。

不过这说得容易。真想摆脱这种绝望悲观的想法可就难了。

如今最有用的人成了小队长，而不是安德，当初谁能想得到呢？

小队长只用了几分钟就把舱门打开了。

“看起来他们开门不用工具。”小队长说。他说话声音很轻，所以听起来声音有些颤抖。他不会是在害怕吧？“转一下门就开了。”

“有多少空气出来？”卡洛塔说。

“没空气。”小队长说。

“那有可能是因为我们不在宜居带里面，”卡洛塔说，“大气不可能都泄露出来。船体上没有豁口。”

“到里面去。”安德说。

“不行！”巨人的声音紧迫而迅捷，“不许进去。”

“在外面没用，”安德说，“不知道里面人是死是活——要是他什么都不做，那干脆就回来好了。”

“我不能让他进去，”巨人说道，“不能让他独自进去。”

“回来吧，”卡洛塔说，“然后我跟你一起去，我掩护你。”

“你是想要亲眼看看我是怎么被杀的吧？”小队长说。他笑了起来。他还紧张吗？

“那就发送一个爬行器进去吧。”巨人说。

“里面都是线路和传感器，”小队长说，“这不是飞船的入口，只是个维修接入口。我去看看有没有别的门。”

“好的。”巨人说。听起来像是松了一口气。

“大约在你所在位置前方十米，向左三步的地方有个像是门的东西。”

“什么叫像是门？”小队长说。

“那上面密封性更好。”

“为了保护大气完整性？”小队长说。

“看上去是这样。”

“带上狗狗。”巨人说。

“只有几步的距离。”卡洛塔说。

“他可能得需要工具，而且也不知道该拿什么工具。”巨人说。

“你得把狗狗带在身边，以便遇到紧急情况好逃走，”安德说，“万一那些恶心的外星人跌跌撞撞跑出来要吃你怎么办。”

“我们这不是在开玩笑。”巨人有些不悦。

“我没有开玩笑啊。”安德说。他觉得自己的叛逆倔强和黑色幽默就快要激怒巨人了。他很快就有机会告诉他，安德的那些呕心沥血的试验都以失败告终。他们其实已经被宣判了死刑了——在绞刑架下开些小小的玩笑又有何不可呢？

突然，安德的全息显示屏上出现了几行字。显然是巨人想跟他说几句话，但又不想让其他人听到。

【我知道你发现了什么。】屏幕上显示，【你开始这一轮试验之前结果就已经明摆着了。】

安德大声回复他：“那你早告诉我啊。”

【我说了，】屏幕上显示，【但是你不听。】

“告诉你什么？”卡洛塔问道，“你在说什么呢？”

安德打字回答。【那你就让我白白浪费了这么长时间？】

卡洛塔听到了打字声。

“哦，私人谈话啊，”她有些轻蔑地又说，“是巨人让你闭嘴吧？”

【那是你自己的时间，你要是想浪费的话随便你。】

“我想要的是成功。”安德说。

【你尝试。现在我们都知道结果了。】

“哦，看来是治疗的事情，”卡洛塔说，“你就不能真正地关心一回小队长吗？怎么老是想你自己呢？到底有没有心啊？”

【我能杀了卡洛塔吗，求你了？】安德打字说。

【请求被拒。】

小队长回到了狗狗上，狗狗稍稍飞起，沿着飞船表面划过，飞向卡洛塔指给他的那个入口。这扇门是向内开启的，而且没有明显的开启装置。

“我是不是该敲门？”小队长问道，“这门只能从里面打开。”

“没有什么锁或者键盘、掌上电脑什么的吗？”卡洛塔问。

“如果是虫族的话，他们不需要这些，”安德说，“虫族女王会知道他们想要进去，并且派另一只工虫从里面把门打开。”

“我要是破坏了门的密封，”小队长说，“可能就会引起严重的内部损伤。”

“真是个差劲儿的设计，怎么连个气闸都没有。”卡洛塔说。

“里面的门也可能是开着的，”小队长说，“谁知道里面是怎么回事。”

“等你开了门，弄不好里面有五十个全副武装的士兵正等着朝你开火呢。”

【闭嘴。】

哦，巨人这回真的严厉起来了。

“我试着用杠杆撬一下啊，”小队长说，“也许能把门弄开。”

“能成吗？”卡洛塔怀疑地问。

但是小队长已经从狗狗的外设工具架上拿了个杠杆。几分钟以后，他说："有点儿麻烦，不过我觉得门上没有铰链，它应该是滑动设计。"

"那这个设计还好点儿。"卡洛塔说。

"滑动的话就用绞盘把它拉开，"安德说，"附上高摩擦力的磁铁，让狗狗把它拉开。"

"往哪边拉？"小队长问。

"两个方向都试试。"卡洛塔说。

一共花了十分钟才把一个方向的绞盘设置好，然后又用了十分钟换成拉相反的方向。

"不管用呐。"小队长说。

安德大笑起来，说："拜托，你们两个，用虫族的角度想想！你们试了半天，真以为那门是为了人类出入设计的吗？虫族的地道很矮而且很宽。"

小队长愤懑不平地嘟囔了几句，然后开始重新给狗狗装上绞盘，让它向下拉。

慢慢地，虽然顶着来自内部机械的阻力，门终于还是滑开了。

"这次有空气喷出来了。"小队长说。

"但是气流不稳定。"卡洛塔说。

"是个气闸，"小队长证实，"果然说得没错，卡洛塔。"

哦，卡洛塔找到了入口舱门就得到表扬了，那安德还想出开门的办法呢，却连个谢字都不提。这个人向来如此。

“快进去吧你。”安德说。

他等着巨人吼他，可是这次巨人没说什么。

小队长站在气闸入口前，一动不动。

“进去啊你。”安德说。

“我……先观察一下哈。”小队长说。

“里面要是有东西的话，早和喷出的气体一块儿出来了。”安德说。

小队长屈膝跪在门前，抬起带有磁力的脚，压低身子进入了气闸门。“里面还真是空的。”小队长马上做出了判断。他们在显示器上只能看到一个像盒子一样的东西，这画面是从小队长头盔上传过来的。

“里面的内层门好打开吗？”卡洛塔说。

“有个操纵杆，”小队长说，“不知道是电的还是机械的。一个门的操纵杆是大的，另一个门是小的。”

“试试看。”安德说。

“不行，”巨人说，“会破坏大气。”

“那就把外层门关上。”安德说。

一时间大家都沉默不语。因为他们心里都清楚：这样做就等于是切断了小队长逃回狗狗的退路。

“我不赞成。”巨人说。

“做了才能知道结果。”小队长说。声音又一次颤抖着。

外层的门滑动关上了。

“这个操纵杆是电的，看来内层门的操纵杆可能一样。”小队长说。

“机械装置没有被我破坏。”

“等你开门时就知道破没破坏了。”安德说。

【我要先停你的职。】

安德站起身，走到卡洛塔身边坐下来，说：“巨人不喜欢我出的主意。”

“我也不喜欢。”卡洛塔说。

“我要开门了啊。”小队长说。船体内部的信号质量没有丢失。

小队长头盔上传来的画面上几乎什么也没有，即使卡洛塔把图像放大到整个全息空间都没有任何发现。

“接通光源啊。”安德说。

“接通前方光源！”小队长有些恼火地说。还用你说？你个臭小子。

画面上出现了一个低矮的隧道，隧道尽头又分出好几个岔口。

“没人出来欢迎你，”卡洛塔说，“他们也许真的都死了。”

“不然就是他们设的圈套，”安德说，“进去瞧瞧哈。”

卡洛塔计算机的整个屏幕突然黑了。

“嘿！”卡洛塔抗议道。

“我警告过你，安德。”巨人说。

“为什么要惩罚我呢？”卡洛塔质问道。

“别那么大火气嘛，”安德说，“他们都死了，没危险。”

“你错了。”巨人说。

显示屏又恢复了。显然小队长确实滑进了低矮的隧道里。隧道的高度可以让小队长坐起来。

“刚才我听到了些动静，”巨人说，“就在你浪费时间发小孩子脾气的时候。”

“那是安德的幼稚行为。”卡洛塔说。

“很贴切，”巨人说，“小队长身在险境，而你却浪费时间——”

屏幕上有动静出现。一大群东西在移动。侧边的几个隧道里出现了十几个体型很小的生物，正直奔小队长而去。

“赶快出来。”巨人说。

顷刻间，显示屏上的画面晃动得让人头晕，小队长正急匆匆跑回气闸门。

气闸门半掩着，两只小型的生物从门缝里蹿出来，一只攻向小队长的身子，一只扑到他的头盔上，挡住了头盔上观测器的其中一个，导致画面失去纵深度，变得扁平。

“快打开气闸啊！”卡洛塔大声喊道。

小队长显然还算镇定，想得起来操控外层门的操纵杆在哪里。

“逮上它一只。”安德说。

“你真是比吸血鬼还冷血。”卡洛塔咬着牙地说。只不过他们俩都心知肚明，这么做其实是是正确的。

“我抓住了身上的一只，”小队长说，“这东西正咬我的增压服要吃我。”

“别碰它，赶紧放了。”巨人急切地说。

“不，我正抓着它的背呢，离我很远。它只是在蠕动，并没有感知能力。”

“你怎么知道的？”巨人问。

“因为这东西很蠢，”小队长说，“虽然行动很快，但是个哑巴，就像螃蟹一样。”

“回到狗狗上去。”巨人说。

“看来这里是个通气孔，”小队长说，“或者类似于大气压强之类的东西，因为它现在不动了。”

“把它急速冰冻起来，”安德说，“这是采集样本最好的办法。只会破坏一点体内的细胞而已。”

“我们有的是时间讨论这个，”卡洛塔说，“等他回来再说。”

“你是说可以给我很多时间谈论这个问题？”安德说。

“你是不是有什么秘密瞒着我们？”小队长说，“还是你要告诉我们什么？”

“他现在表现得就像个乳臭未干的小孩，”卡洛塔说，“也不知道是中了什么邪了。”

“他是在嫉妒，因为我终于干了一件了不起的大事。”小队长说。

这句话刺痛了安德的心，因为他说得的确是事实。

“在我看来，”安德说，“耗子们终于接管了飞船。”

“喂，你太过分了啊，”卡洛塔站起来对着安德怒气冲冲地喊，“小队长正冒着生命的危险，而你舒舒服服地坐在这里，还——”

“卡洛塔，坐下！”巨人的声音传来——这次是通过对讲机，而不是电脑，“安德说的不是接管了我们的飞船。”

卡洛塔立刻明白了:“你觉得小队长抓住的生物是……某种寄生虫？”

“也许以前它还有别的用处，”安德说，“或者以前没有这种生物，但是现在变成了寄生虫。”

“不是虫族的第一道防线？”

“防什么呢？”安德问，“船上只有船员，他们根本没有想过会遭遇到什么。”

“那么……是因为船上有意识和感知力的主人都死了，所以寄生虫不受控制了？他们一直以来以什么为食呢？”

“目前还不清楚，”安德说，“不过这是一艘世代飞船，不是具有相对速度的飞船。所以船上肯定有内部的生态系统。这些生物逃脱了船上的封锁。”

“你知道这些是因为……”

“最合理的猜测。”安德说。

巨人又说话了:“很高兴你的脑子终于又回到眼前的任务上来了，安德。你们俩的争论先告一段落吧，等小队长带着样本回来再说。”

“你把这件事报告给星际议会了吗？”小队长问。他现在已经回到了狗狗上。

“报告不是已经自动发送了么？”卡洛塔说。

“不，没有发送，”巨人说，“在你发现那艘飞船的时候，我就立刻切断了自动报告系统，卡洛塔。”

“你不打算告诉他们这艘外星飞船的事吗？”安德惊讶地问。

“我连发现这个星球都没有告诉他们，”巨人说，“什么都没说。”

卡洛塔惊呆地说：“为什么不报告？如果外星飞船怀有敌意——”

“我把所有的信息都储存了。一旦遭到攻击，就会把这些信息通过安赛波的微爆气流发送出去。但是现在，这还只是我们的小秘密。”

“那有什么总体的计划吗？”安德问，“因为如果有的话，也许你应该告诉我们几个，毕竟你随时有可能突然猝死。”

卡洛塔打了他一个耳光：“别对他这么说话！”

“管好你自己的手，”安德狂怒地说，“这是事实，伟大的朱利安·德尔菲克可以面对一切事实，不是吗，父亲？”

“是有个计划，”巨人温和地说，“不要打人，卡洛塔。你多大了，五岁？”

“六岁。”卡洛塔怯怯地回答。

“那就该有六岁的样子。孩子们一年级就应该懂得不许打人的道理。”

把她跟普通的上学孩子比较，对卡洛塔来说算是一种极大的侮辱，于是她气冲冲地重重坐回到椅子上，然后发送了一些毫无意义的维修报告。

“我认为我们应该把这些寄生虫隔离，”安德说，“以防它携带某种外星种族的疾病。”

“我们很早以前就已经查明虫族生物与我们完全不同，他们的疾病不会感染到我们，反过来也一样。”

“假如这艘船上出现了新的物种呢？”安德反问道，“假如他们因感染瘟疫而死的呢？”

“那也不会传染给我们。”巨人说。

“万一这不是虫族呢？”安德继续追问，“那样的话，所有当年的结论都化作无效的了。”

“那也没关系，”巨人说，“就算它携带了细菌，也会在太空的真空状态下被立即杀死。”

“别忘了有些细菌即使在环境恶劣的太空也能生存。”安德不依不饶。

“我们不能把它隔离，安德，”巨人耐心地答道，“小队长增压服上满是寄生虫的残体，我们没有任何办法把它隔离，只能冒险碰碰运气。船上没有处理外星生物体的设备，因为我们从没想过会遇到这种情况，毕竟最初咱们的目标不是为了探索宇宙。”

安德知道巨人说的没错。安德说这话的时候只想到有携带疾病的可能性，却没有想得那么远。是他太草率了，这让他很难为情。

“也许我们会有好运的，”安德说，“要是来一场瘟疫，把我们从悲惨的下场里解脱出来最好。”

“你到底是怎么了？！”卡洛塔质疑地问。

巨人给出了答案：“安德刚刚发现我们小小的基因自毁机能无药可救。不是他没有尽力，也不是因为才疏学浅，缺乏才智，而是永远也没有办法解决。”

“你就这么把这件事给点破了，”安德说，“说得好轻巧啊。”

“我一个月前就想好好跟你说这件事了，”巨人说，“可是你那时不相信我。”

卡洛塔看上去悲痛欲绝：“这么说我们都没希望了。”

“我们都会像巨人一样一直生长，”安德说，“然后死于身体超过负荷。”

“但在你今后的十五年里，可以尽情地体验人生，”巨人说，“我就是这样。”

“但也不能把自己困在一艘星际飞船里啊，远离人群数万亿公里，”卡洛塔悲伤地说，“这不是我的人生。”

“这就是，”巨人说，“这就是你们的人生。好了，先开始干活儿吧。小队长马上就要回来了，我们得把这个生物解剖进行分析。一定要记住：那艘船上的某个人或者某种东西把飞船停在了同步轨道里，在明确那人是谁或者那东西是什么之前，咱们谁都不知道即将面临的是危险还是机遇。”

SHADOWS IN FLIGHT

CHAPTER 06

Orson Scott Card

CHAPTER

06

谆谆教诲

当豆子跟孩子们讲关于科学、历史或者工程机械的问题时，孩子们总是一个接一个的问题追问着他，豆子得费好大心力才能不被他们问倒。毕竟，豆子的童年时代只学过军事方面的东西。而在他成年的岁月里——如果这也算成年的话——都是在带兵打仗，或者时刻提防着阿喀琉斯，另外还得解决现实世界中的诸多问题。

在希罗多德号上，他并没有给孩子们进行多少启蒙教育。三个孩子各自探求和研究他们想要知道的东西。豆子唯一做的就是追踪他们的进展，并且自己尝试解决孩子们没有关注的问题。幸运的是，孩子们并没有觉得这是一种竞争和比赛。他们也会花时间来玩儿。而豆子就没有这个好命了。

在这些追求知识的过程中，孩子们跟他讨论，他也跟孩子们探讨。他们在一起互相学习，互相指导。孩子们觉得这样很平等，他们完全没意识到自己还只是孩子。

他们叫他巨人，并且总是躲着他。他理解这是孩子们想保留自己的隐私。他也理解他们心里隐藏的愤恨——他认同这愤恨。当年，在他终于得知沃莱斯库在他身上进行了非法试验后，他对沃莱斯库不也是痛恨不已吗？

孩子们并不理解自己的行为有多幼稚。他们自以为是成人，而不是孩子。孩子当然意识不到自己的幼稚和孩子气。

并不是说，孩子们能感觉到一些大人们感觉不到的情感。他们只是没有学会像大人那样隐藏感情——毕竟他们还没学会说谎。

但他们的幼稚却远不止如此。他们不会控制自己的情感，不知道如何让自己的行为不受情绪的影响。这不就是成年与否的关键吗？你想要这么做，但是却没有，因为你知道什么是对的，是好的，做正确的事比做想做的事重要。

看长远，这是孩子们所不具备的能力。不过如果你要指出这一点，他们肯定反感。他们觉得已经看得很长远了！只不过，他们不知道如何把“长远”放在当前所做的决定上。

他们怎么可能学会？他们一直是以孩子的方式来学习节制和自控——通过直接反驳别的孩子的无度和失控。正因为如此，豆子才担心他们。因为他确实活不了多长时间了。他能感觉到心脏一直在吃力地跳动；胸口剧烈的心跳令他几乎难以入睡。没等孩子们成熟到能控制自己的冲动，没等他们学会如何相处，估计豆子自己就已经死了。

他们都认为了解彼此，当然确实在很多方面也是如此。但是他们没一个人能了解自己的性格。他们还太年轻，始终相信他们心里的动机就是行动的真正理由。成年人可以说出：不，我不会怎样怎样，因为我确实嫉妒。承认嫉妒一点儿问题也没有。但是孩子意识不到自己在嫉妒，他们只会生气，只会批评对方，甚至侮辱和嘲讽，给对方造成伤害，让彼此的信任崩塌。而他们之间的信任不能随便被打破，他们必须互相依靠。否则的话，他们就都没有未来。

但是如果他们能活下来，能一起通力合作，就会有光明的未来！豆子没办法给他们解释他心里的想法。不，他当然能解释，但这会把他们最后的童年时光夺走，而且一旦知道他们的整个未来都早已注定的话，压抑和苦恼便会接踵而至。

如果单枪匹马的话，他们的未来希望渺茫。但如果作为人类新生物种的缔造者，他们的未来无限光明。

不过，要是他们无法解决巨人症和早逝的问题，他们这样新的物种刚开始尝到成人的滋味就会死去。这将是一种永远被困在童年时期，或者最多是青少年时期的物种。不，这是最坏的情况。冲动不安、拒绝接受别人强加给他们的角色——这种叛逆的青春期熊孩子怎么会创造出新的文明呢？他们几乎不创造东西，只会毁灭和破坏。

其实，当他们对某个问题感兴趣时，最好的做法就是看他们自己如何搞明白它。小小的双手，即使对六岁孩子来说，也是很小的，控制起仪器却是有模有样——输入指令，在全息空间操控着数据。然后他们的头脑里就立刻得出了结论——通常还都是正确的结论——最后得以深刻理解这些结论背后的含义。这简直就像在一间屋子里同时有着三个牛顿一样。

牛顿和爱因斯坦童年时代都十分自负和自私。天才嘛，向来如此。

也许失败是最好的选择。也许我们都死在这里，比如我们被这艘船上的外星生物摧毁，对人类来说是更好的结果。因为我和我的孩子们在这里创造出了一个强大的孩童种族，心中充满怨恨、恐惧和自怜的孩童种族。

我能做的，也无非就是帮他们认识到符合规矩的行为要比意气冲动好得多。他们愿不愿意接受这一点也都无所谓。反正我也控制不了。

好在孩子们有他们自己各自选择的特长。在安德分析这个只剩一半的似鼠似蟹的外星生物时，卡洛塔和辛辛纳图斯驾驶狗狗不断往返于外星飞船。他们没有回到气闸门。小队长保护她以防外星飞船抵御和进攻，卡洛塔打开了所有的维修舱口，进行测量绘图，以及其他所有工程机械方面的工作，好弄清楚飞船的工作原理。如果可以的话，她还想找出一些蛛丝马迹，看看里面等待着他们的是什么。

这两项工作都取得了令人欣喜的结果；豆子大约每隔一个小时都会检查他们的进度，保持声频畅通，以便随时联系，这样他们就会觉得彼此之间互相照应。

不过他却不是。他打起了自己的小算盘：他正使用希罗多德号上的仪器和无人机探索所在轨道的星球。

这个行星含有氧气。也就是说在这个巨大的海洋里曾经发生过细菌革命，大量的植物移到了陆地上。不同位置的扫描显示没有发现木本植物，大多是近地植被、蕨类和真菌。重力为 1.2G 的其他星球上，木质茎植物生长发展，形成粗壮的树干，可这个星球上没有树木，意味着这是个年轻的星球。

而且这里也没有动物的踪迹。甚至没有昆虫和蠕虫。这是他发射出去的探测器的主要功能。

也就是说这个星球接收殖民的条件比较成熟，无需担心本地的生物。根据星际议会的法令，植物只需要保存种子、样品和数据，而且还不用在原先的地方保存。有动物就麻烦多了，需要保存的体量不但更加庞大，通常要保存起整个大陆——把它独立出来，让动物按照自然规律进化演变。

孩子们不知道的是，外星飞船的出现其实仅仅是个偶然事件，尽管两艘飞船即将在太空相遇，但是距离还是太远。这种两艘飞船相遇的情况大多出现在一个宜居行星的附近。因为豆子其实原本就打算驶向那里。飞船上的传感器一旦探测到有空气的星球上存在宜居带，他就会马上操作飞船转向，驶向那里。

如果外星飞船没有发现他们，豆子则会建议停止飞行，然后以纯粹科学研究的目的展开探索和调查。因为他清楚地知道一件事，那就是这些孩子不应该一生都生活在飞船上。他们得住在星球上，他们得有自己钟爱的事业，还得有一个地方用试管培育自己的孩子，并且养育他们。就像飞船上的人造子宫快速把他们繁殖出来一样。

在飞船上，卡洛塔认为她有完整的地图，还有船上所有物品的清单。

但是佩查和豆子从一开始就有所打算，不管有没有找到攻克这种致命巨人症的办法，他们聪颖无比的孩子们都需要一个家，一个可以让他们安全繁育后代的地方。一个地图上没有的星球。

要是豆子知道自己还有多少时日该多好。到现在他依然在想尽办法让自己的身体继续运行，大多靠手和腿脚微微活动一下，只能稍微刺激一下，促使血液循环，不产生淤积。锻炼和运动会要了他的命；但是这样一动不动，就觉得无所事事。在没有安顿好孩子们之前，他不能让自己死去。

他想过，如果有必要的话，他可以把飞船弄坏，迫使他们降落到行星上。现在，他也没把握在载货区里做些什么能把飞船弄坏，而且还让卡洛塔没办法修理。所以，既然没办法把他们逼到绝境，他就得劝说他们。不过，没有完善的计划和十足的准备，他就不会出手。这个计划和理由必须言之有理，而且对他们很有吸引力。

外星飞船改变了一切。它代表着一种与他们相抗衡的潜在敌对生物。如果船上的是有感知力的生物——等待着抵达的沉睡中的殖民者，他怎么办？有危险的话，他的孩子们就不可能长大成人，平平安安地养育家庭，繁衍后代了。

豆子时日无多，没时间再找另外一个星球了。如果在他死前没有找到让孩子们落地生根的定居之地，那么很可能他们就会回到星际联盟，大好的机会就失去了。如果他们能活到成年，他们的基因组就会被认为是存在缺陷的，很有可能就会被剥夺生育的权力。至少，大多数文明社会的法律是这样规定的。

佩查早已去世，但豆子对她的承诺依然未变。他们一致认同这是对安东尼尼孩子们最好的安排。现在，他并不打算改变自己的想法。不过他也无法阻止孩子们做自己想做的事。他仍然可以对他们隐瞒一些信息，在某种程度上为他们打造一个世界。但他们并非普通的六岁孩子，并不像那些蠢孩子一样，相信大人讲的故事里那些魔法和鬼怪。他唯一能隐瞒的就是他自己的秘密计划和目的。然而，他现在仍有足够的能力控制飞船，也能控制他们，他的计划和意图是这个飞船里最重要的秘密，要隐瞒到死。

经过两天的研究，安德写好了报告，卡洛塔和小队长也是。他们聚集在载货区里等着汇报结果。

先从安德开始。

“这是一艘虫族外星飞船，”他说，“似鼠似蟹生物内体的蛋白质完全属于虫族，绝无其他可能。”

“不过有些奇怪的是。虽然它们的 DNA 和战后收集、记录的虫族尸体染色体组大体相同，但局部却多了一些极其明显的差异。好像虫族的一种反常态的幼虫——这些像鼠又像蟹的生物似乎是蓄意创造出的虫族进化早期阶段的返祖。看看它们野蛮的利爪和坚硬的甲壳，这些痕迹在成年虫族身上早就退化了。”

卡洛塔和小队长立刻明白了其中的含义。“也就是说虫族女王可以改变后代的基因，”小队长说，“它们把其中的一些后代变成了幼小的怪物。”

“我怀疑它们已经不再把这些幼虫当成自己的孩子了，”卡洛塔说，“当有了成千上万个孩子后，我敢打赌，虫族女王无疑会把其中一些当成是其他的动物。”

豆子差点就开口批评这种毫无逻辑的说法，但他知道他们不会喜欢。

“知道它们是怎么繁殖的吗？”卡洛塔问安德。

“这个小家伙是雌性的，”安德说，“看起来完全有能力生育，但不是大量的繁殖，而且体内没有虫卵。”他看向小队长说：“这只看上去跟其他的那些有什么不同吗？”

“只是离我更近，”小队长说，“它们移动速度很快，直朝我冲过来。我只对他们的体型有大概的印象，它们看起来几乎都一样。”

“那么也许它们都是雌性，就像虫族工虫一样，”安德说，“或者雌性和雄性都有，但是两性的差异很小，跟人类一样。合理的解释就是虫族女王不希望这些生物当中有统治性的女王存在，所以都给了它们生育的能力。”

“那么它们应该和老鼠一样大量繁殖才对。”卡洛塔说。

“肯定有什么因素限制住了它们的种群数量，”小队长说，“肯定虫族女王对它们做了手脚。这群小东西里没有了女王，或许早已进化到能够自然繁育。虫族弄不好已经不记得这种似鼠似蟹的近亲了。”

“你觉得这些家伙是可以被吃掉的吗？”卡洛塔问，“不是我们吃，而是……”

“它们身上有肉质，”安德说，“你说得对，可以被当成待宰的活物。”

“那为什么还让它们长出那些爪子？”小队长问。

“其中一个是用于挤压和粉碎的爪子，”安德说，“力量大到可以像钳子一样把我们身上的骨头弄断。我与巨人看法不同的是，我觉得它们更依赖于使用另外一只爪子，似乎作用是用来握住和撕扯。它们用钳爪把东西弄断，然后握住，同时用力撕扯。”

“所以它们是肉食性的。”豆子说。

“或者吃特别坚硬的水果或坚果，”安德说，“只有在它们的栖息地才能亲眼看到。”

“可以肯定，那一整艘巨大的星际飞船就是它们的栖息地。”豆子说。

“该轮到我说了吧？”卡洛塔问道。

“你说完了吗，安德？”豆子问。

“还有最主要的一点。它们体内的、源自虫族的蛋白质，这让它们变得强壮和迅捷，十分危险。我不知道我们的增压服能抵御它们多久。”

“有什么东西能杀死它们么？”小队长问。

“任何东西都可以啊。它们的外壳并不那么坚硬，哪怕小动物的牙齿都能咬破它。它们也能互相挤压，把对方的外壳压碎，也可以被拳头大的石块砸死。所以你想想能用什么武器搞定它们。”

小队长点点头，说："飞船上不能开枪。我在想能不能用镇静喷雾使它们移动速度减慢。”

“我得用一个活体标本试试，看看什么对它们起作用，”安德说，“但是在好几个殖民星球上有人在虫族生物的标本上使用过镇静剂。我可以做出小剂量的混合物，对人类不会产生影响。”

“我只是不想大开杀戒，”小队长说，“如今我们知道它们是来自虫族，那么很有可能飞船是由它们操控的。”

“可它们的大脑太小了点儿。”安德说。

“那它们也许有女王，”小队长说，“或者有某种集体意志，比个人更聪明。我只是不想下杀手。我一直在回想着过去虫族在中国大清洗的视频。邪恶的浓雾把所有的生物都化为了一摊泥水和浆液。”

“那咱们就准备好一些镇静剂，把它制成喷雾，”豆子说，“再制定一个切实可行的后备计划。比如酸性喷雾。不管它们有意识还是半意识，只要它们朝我们杀过来，我们就先发制人，把它们消灭殆尽。”

“我们终于要出手了。”卡洛塔说。

“不要对想要杀死我们的生物多愁善感。”小队长说。

“我当然不是多愁善感，”卡洛塔说，“我赞成我们出手，如果事关生死的话我们肯定得出手。我们不都是巨人的孩子吗？不嗜杀，但要杀敌的话也绝不手软。我们才不像那个跟安德同名的那个小子，多愁善感又矫情。”

“你在说我的朋友。”豆子说。

“又不是我们的朋友。”卡洛塔说。

“你如果这样的话，”豆子说，“就交不到真正的朋友，也不会有强有力的后盾。可惜你永远也理解不了，因为你永远也遇不到他。”

“说的好像他还活着似的。”安德说。

“你怎么肯定他死了呢？”豆子问。

“因为那场战争已经过去四个多世纪了。”

“我们不是唯一知道用星际旅行躲避人类年龄增长的。”

“但是我们是甘愿冒险的疯子，”小队长说，“哪个心智正常的人会这么做呢？”

“我们确实是挣扎在生死边缘的新物种，”安德说，“伟大的安德·维京为什么也会流浪呢？”

豆子不想再沿着这个话题继续讨论下去。他自从读了《虫族女王》那本书，就开始怀疑维京还活着了。不过他不想说出来，不想在年代久远的虫族飞船逼近的这个时候说。“卡洛塔，”他说，“对于这艘飞船，我们还有哪些了解？”

“这艘飞船的技术水平绝对落后已久，而且是虫族的科技——没有文字，但是有一些彩色的编码。有许多小型发动机，这就是为什么上面有很多维修舱口的原因。当然，后来的飞船如果想要提速到相对速度，就必须得去除这许许多多的舱口。以这样的设计，是无法加速到相对速度的。”

“我觉得它们在太空造的这艘飞船，并且把一切都连接在一个小行星上，我们看到的这个飞船的造型就是小行星的形状。也许飞船的框架结构和船体金属大多来自于小行星上的铁、镍等金属。但是这种金属与2100年代虫族入侵地球时使用的飞船金属不同，因为那时使用的是不渗透合金。这艘却不是。”

“他们根本不需要这种合金，”小队长说，“毕竟速度只有光速的百分之十。”

“没错，”卡洛塔说，“我认为这艘飞船解决了那个著名的争论。”她说的争论是历史学家长久以来对于虫族飞船外层船体合金的争论，许多学者认为在联合舰队与虫族对抗的虫族战争中，虫族舰队飞船的外壳是由极其坚硬的合金构成。这种合金如此坚固是为了抵御敌人的进攻吗？答案不外乎有三种：虫族曾在太空相互对战；或者虫族与人类未曾遇见过的外星种族交过手——或者它们来到地球意在与人类交战。

另一方面，如果这种比钻石还坚硬的外壳仅仅是为了抵御飞船在近光速飞行时产生的射线，那么说明当年虫族来到地球时并没有作战的准备；它们的飞船具有防弹性只是一个巧合。

这艘古老的飞船终于揭晓了最终的答案。虫族派出的殖民飞船上并没有抵御进攻的合金，只在飞船前端备有一个原始的防撞护盾。虫族在战争中给人的印象是具有强大的破坏力，但是很明显它们当年前往地球并非以战争为目的。

“很好，”豆子说，“只是现在看来，这个争论已经不再重要了。还有什么？”

“巨大的柱子——整个飞船都是由从岩石上伸出的垂直柱体支撑，看起来就像一座座宏伟的摩天大楼。但是这些柱子是中空的。火箭的引擎自身携带着燃料。没有发现放射性，但发现了大量碳元素。很显然这些燃料很高效，因为即使岩石包含着很多巨大的燃料储罐，他们也很难把这套系统带到行星表面采集所需的碳基燃料。”

“那是因为他们不需要太多燃料，”豆子说，“这是一艘世代飞船，因此没必要太过加速。只需缓慢燃烧燃料达到巡航速度就可，然后慢慢减速。”

“我没办法查到他们还剩下多少燃料。这个宜居行星也许是它们最后的希望。当然也可能是偶然路过。我发现飞船的机械设备年代很久远了，不过运行还算良好。”

“有一千年那么久吗？”豆子问道。

“不，更像是一百年左右。我认为在航行中所有的设备都经过了不止一次的替换，许多迹象表明这些设备机械在飞行途中经过了无数次维修。但是最近好像没有维修过。”

“有确切的日期吗？”

“我只是根据磨损痕迹估测。比如一些结构性配件就从未被替换过，工作部件上还有许多移除和再装配的撬痕和摩擦痕迹。另外上面有很多残留的润滑剂，只是真的没有最近的痕迹。”

“所以很可能是一个世纪前，飞船遇到了某种灾难，如今被我们发现了。”小队长说，“这种灾难使得这种似鼠似蟹的生物成了飞船的主人。”

“没有维修人员，”卡洛塔说，“但还是有个开飞船的家伙，他知道怎么把飞船开到同步轨道？”

“除了那些柱子以外你还发现了什么？”

“最精彩的当然得留在最后说。围绕在柱子周围的筒状结构实际上是一个巨大的旋转圆筒的外罩。”

“也就是说，旋转的不是整个飞船，而是里面的一个圆筒？这简直是疯了。”安德说。

“我也是这么想的，”卡洛塔说，“但是虫族不一定对失重有什么反应，不像我们这样。他们的骨骼属于软骨，并不坚硬，所以它们的软骨可以适应失重状态，而我们的骨骼却不行。我认为虫族通过旋转圆筒产生离心重力不是为它们自己——而是为了维生系统。”

“植物。”小队长说。

“在这么大的空间里，飞船里很可能有树。十分高大的树木。”安德说。

“一片雨林，”卡洛塔说，“甚至是多区域的雨林，所以它们可以维持住一个种类齐全的生物群。食用作物不断更迭播种。也许这种鼠蟹结合的生物就是这个生态系统的产物之一。一个完善的生态环境——为整个生物种群准备的栖息之地，将来好在新世界创造虫族生命。”

“也许创造出它们当中最强大的入侵种族，”安德说，“能够快速征服和占领殖民行星。”

“因此这雨林能在航行途中产生氧气。”卡洛塔说。

“也就是说，我们把架子上的一个个托盘放在紫外线下照射，以创造生态环境，而它们用的是旋转巨型圆筒的方法。”

“但是飞船的其他部分完全不旋转，”卡洛塔说，“我们打开了圆筒附近的一个维修舱门，我能够沿着舱门进去，看到圆筒运行。我估计旋转会对圆筒内部表面产生四分之三 G 的重力。”

“能够抵住加速带来的压力吗？”豆子问。

“取决于加速或减速的速率，”卡洛塔说，“也许它们在速度改变时增大了旋转。”

“我在想可能在飞船加速时，所有的土壤被移到圆筒底部，从而救了它们的命。”

“但是那里其他的房间要么没有重力，要么它们会朝着火箭的方向‘坠落’，脱离岩石质量。”卡洛塔说。

“还有走廊通道，”小队长说，“不管是死是活，虫族肯定通过了走廊。因为像我们这么矮，都没办法在隧道里站起身来。成年人类只能匍匐进去，所以很难使用武器。”

“厄洛斯行星上的隧道就是这样的，”豆子说，“虫族喜欢低矮的天花板。”

“那么，在失重的空间里就说得通了，”卡洛塔说，“它们绝不会够不着墙壁或者天花板。”

“但是因为走廊处于失重状态，”小队长说，“我们可以从另一头进入。隧道的宽度足以容下两个虫族工虫通过，所以像我们这样矮小的人可以站在墙上而且可以直起身子。我们只能跳过入口，进入侧边隧道。”

“你穿着磁力鞋能跳吗？”豆子问。

“我们会把磁力减到最低。因为不需要吸附在飞船的表面，身子漂在寒冷的太空。只要能让双脚接触地面就行。”

“你们几个都干得很好，”豆子说，“我知道你们的报告里还有很多内容，你们收集信息的时候我就已经扫描了你们的数据。我觉得从外星飞船外部以及小队长带回来的那只老鼠身上，我们得到了所有有用的信息。”

“是蟹鼠，”小队长咯咯地笑着说，“鼠和蟹的结合。”

“还有一半像兔子。”卡洛塔说。

“所以叫‘蟹鼠’，”安德说，“就这么叫吧，直到它们亲自告诉我们它们叫什么。”

“那好，你进去的时候，”豆子说，“一定记住虫族生物大概都能在某种程度上有心灵感应。虽然仅仅彼此分享某种冲动、欲望和警告，但也能互相告知它们需要知道的事情。因此，如果有一只蟹鼠发现了你，所有的蟹鼠就都知道你在那里了。而且它们也许还很聪明，知道设埋伏。你千万要时刻小心，一旦发觉有危险，就立刻撤出。你是无可替代的，明白我的意思吗？”

小队长点点头。卡洛塔紧张不安，大口吸气。而安德则有些不耐烦。

“安德，”豆子说，“我看你好像有点心不在焉。”

这句话一下子让他如梦初醒：“我吗？”

“必须得三个人一起去，”豆子说，“我本想亲自去，但是你知道我身不由己。”

“可我只是个研究生物的。”安德说。

“这就是你必须要去的原因，”豆子说，“最少需要三个人才安全，而且如果你在那儿，可以在现场发现和研究一些东西，而不用再等他们两个把样本带回来给你。”

“可我——没有经过训练——”

小队长鄙视地看着他，说：“你是害怕弄脏了你的手吧。”

“我胳膊肘上已经都是蟹鼠的血了。”安德说。

“他说的‘脏’不是字面上的意思，”卡洛塔说，“你觉得我们都是可有可无的，只有你不可替代。”

“没人是可有可无的，”安德说，“我只是觉得我帮不上什么忙。”

“你打赢了我，”小队长面无表情地说，“别装得好像很没用似的。”

“他是害怕了，”豆子说，“就是害怕而已。”

“我可不是胆小鬼。”安德冷冷地说。

“我们都害怕。”卡洛塔说。

“甚至是恐惧，”小队长说，“当那些鼠杂种朝我冲过来时，我吓得尿了裤子。正常人进入未知的环境，面对一拥而上的敌人，甚至更多身在暗处的敌人时，不可能不害怕的。”

“那我们为什么还非得去呢？”安德问，“这艘船里的家伙都已经死了，也不会跟踪我们回到地球，人类不会陷入危险。咱们写好报告继续航行不就得了。”

这就是让豆子最害怕的一点——为了逃避而做出合理的解释。但是，他了解自己的孩子，他不会为了达到内心隐藏着的目的而盲目与他们争论。

“安德说得对，”豆子说，“我们没必要再进一步对飞船进行调查。”

小队长和卡洛塔看起来有些失望，但也有些如释重负，于是都没有争辩。

不过豆子知道安德还有话要说。

“那好，”安德说，“星际议会可以派遣军队到这里，让真正训练有素的军人搜查这艘飞船。”

小队长听了这话气愤不已。“‘真正训练有素的军人’无法站在走廊里，甚至侧路也不行。”

“他们很可能会把飞船炸飞了，船上的生物也全部都杀掉。”卡洛塔说。

“等他们到这儿，估计也没什么东西可杀了。”安德说。

“一百年前遭遇的危机可能现在还在继续。所以等他们到这儿时，整个飞船上的东西也就都死了，那时就绝对安全了。”

卡洛塔一怒而起：“你觉得这样就行了？现在船上还有生命，你觉得让他们都死了就好了？”

“那你觉得要怎样呢？”安德问，“难道让我把虫族的雨林移植到行星表面？那基本就是个博物馆了。”

“是还有生命存活的博物馆，”卡洛塔说，“我们得趁那上面还有活着的生物时，把所有东西作好记录。”

“我们有所有殖民地行星关于虫族生物群的目录册。”安德说。

“但是从来没见过蟹鼠，不是吗，”小队长说，“我们以前知道虫族进行过这样的基因改造吗？”

“是啊，”安德说，“这些吃金属的金甲虫和铁甲虫迟早会占领某个星球的。大诗人。”

“这只是个例子，”小队长说，“你不认为，在它们的生态系统还在运转的时候进去收集样本和数据很有价值吗？”

“也就是说我们冒着生命危险进去是为了科学？”安德问。

“不是为了科学，”豆子说，“是为了活命，”

“我们不需要靠虫族的生物群活命。”安德说。

豆子叹了口气。他必须得在他死之前告诉他们一些事情。也许是从现在开始的一个小时之内。

“没错，我们不能吃虫族的植物和动物，”豆子说，“不能跟它们一样。”

几个人听懂了话里的含义："你在想改变它们，让它们适应我们的蛋白质需要？"

"碳水化合物就是碳水化合物，"豆子说，"我看了安德在蟹鼠身上搜集的脂质数据，我认为它们都是可消化的。特别是如果我们改变肠道细菌，使其进行一些简单的转换的话。所以问题就在蛋白质。"

"为什么我们要吃虫族的蛋白质呢？"卡洛塔问道。她一细琢磨到这个主意就感到有点恶心。

"因为我们的飞船基因库里的地球农作物没有地方可以耕种，地球上的动物没有地方可以饲养。"

"我不知道我们的飞船上有地球农作物。"卡洛塔说。

"我们的确有，"豆子说，"重要的农作物，和一些起关键作用的动物——比如负责授粉的蜜蜂。还有肉用的家畜。大米、豆类、玉米和土豆，不知道这些能不能抵御住行星上本土植物的自然竞争，或者抵御住那艘外星飞船里虫族生物群的抗衡？"

"为什么必须得竞争？"卡洛塔问。

"看来，他是打算让我们留在那个星球了。"小队长说。声音平缓而且面无表情。

"你原来早就想着把我们带到这个行星上。"安德说。

"当我一看到它位于宜居带上时，我就想一探究竟来着。"豆子说。

"没有救命的办法。青春期依然在正常的年龄到来。从生物学来讲，童年占据了你们人生的一多半，我不知道你们怎么能活到能看见你们的孙子。也就是说，你们的后代终有一天会成为父母，但是却得不到来自上一代父母的指导。”

“我要吐了，”卡洛塔说，“我绝不会让他们两人中的任何一个……”

“当然不能，”豆子说，“是在体外试管，我们就是以这样的方法怀上你的，亲爱的。飞船上有好几个人造的子宫。”

“在哪里？”卡洛塔追问道。

“在一个你破坏不了的地方，直到你成熟到能够理解这是你们唯一的希望。你们无法拯救自己的生命，我也救不了你们，就是这样。但是我们的血脉还是会延续下去，因为你们很聪明。即使我们这类人性成熟来得比较晚，但是智力上在很早的时候就已经成熟了。所以你们有很长的时间可以教导你们的孩子。你们可以使高水平的文明、科技、历史和道德理性不断传承。你们可以延绵下去。”

“可我们很快就会死的。”小队长说。

“飞船上的生活叫生活吗？”豆子问。

“我总是想我们会重新回到……”安德话没说完就停住了。

“人类，”豆子说，“你们觉得人类是怎样的？我能活下来，是因为我对他们有用处。他们需要赢得一场战争的胜利，如果安德·维京的表现没有达到他们对于指挥官的要求，我就是后备的那个人。后来，霸主彼得需要我去打败阿喀琉斯。在这之后，我就成了一个怪物，一个巨人。他们不惧怕我的唯一理由就是我即将因巨人症而死，而且我的体型也无法继续待在船舱或者驾驶室里。”

“你是说人类会想要杀了我们？”小队长说。

“我不知道他们会怎么做。也许只是把你当成一只小白鼠。但是他们绝不会允许你跟正常人类结婚，或者生育纯种的安东尼尼人。”

“豆子人，”安德说。“我们更喜欢人属豆子人这个称呼。”

“我很感动。”豆子说。看似轻描淡写，其实却是他的真心话。因为他们用了他的名字来称呼他们自己。“我的看法是，你们需要一个属于你们自己的世界。你们需要在年轻的时候多多生育，这样你们就可以把所有的东西都教给你们的孩子。给他们一个机会，当人类找到这个地方时，让子孙后代在这里拥有一席之地。”

“人类可能也已经计划好来这里了吧……”小队长说。

“他们来不了的，”豆子说，“我没向他们透露半点关于这个地方的信息。”

大家顿时目瞪口呆，一时鸦雀无声。紧接着，安德大笑起来，其他人也跟着笑了。

“你真是老奸巨猾，”安德说，“一环套一环。你本来打算什么时候告诉我们？”

“等到我觉得你们会听我的话时，”豆子说，“最好是在我死之前。不过为了以防万一，我把这些都录了下来。”

“我不会这么做的，”卡洛塔说，“即使我们不用发生性行为——我们也绝对、绝对、绝对不会”——她狠狠地瞪着她的两个兄弟说——“让我们的孩子有性行为，这太令人恶心了！”

“不，”豆子说，“如果他们是被分开抚养的话就不会，船上有足够的子宫，可以让你们每个人都有一个孩子，而且在各自独立的住所抚养他们。每年你们再给他们添一个兄弟姐妹。你们应该知道，几年之内，他们就可以拥有足够的聪明才智，成为你们的得力助手。你们会有三个各自分开的家族，并不是像同胞兄弟姐妹那样一起长大。他们不会对直系亲属内的结合产生本能的排斥与反感。”

“可他们依然是同族的同胞。”卡洛塔说。

“那就把他们分开。”豆子说。

“这是在说谎。”小队长说。

豆子也承认了这一点。

“当父母必须得学会说谎，”豆子说，“为你们后代建构一个世界，然后只告诉他们对其有益的事情，这就是父母之道。”

“你真是个伟大至极的父亲，”安德说，“真是太伟大了。”

“意思是我是个天才的骗子吗？”豆子说，“是的，没错。就好像你们大半生都没在骗我，没有在互相欺骗一样。这就是我们发明语言的用处。可怜的虫族——它们任何事情都没办法说谎。”

“我可不是个骗子！”卡洛塔说。

“这本身就是个谎言，”豆子轻声说，“不过咱们别用谎言这个词，可以称其为故事。每当有事情发生，我们就会编造出关于这些事情的故事。故事讲了事情为什么会发生。这些科学和历史——都是讲述为什么事情会发生的故事。这些故事从来都不是真的——从来都不是完整的，而且总是或多或少有些错误，我们应该都知道这一点。

但是这些故事听起来都挺真实，所以很有用处。我怀疑我们的头脑无法掌握和理解事情的全部真相——大脑中因果关系的触网扩展太过广泛，难以全部掌控。但是那些故事，有益的谎言——我们彼此分享，互相传播，当听到的故事越来越多，我们就会对其进行改良。或者当需要把不同的故事用在不同的新环境时，我们就会更改故事，并且假装好像真相一直以来都就是如此。”

安德双手捂住脸，说：“听起来太难了。”

“你是指说谎吗？”小队长说。

“我是说养育孩子，”安德说，“我们唯一的亲人养育孩子的经验十分糟糕，不知道咱们会不会做得好一点儿。”

“非常感谢，”豆子说，“也许我这么说你们不相信，不过你们的确是最难养育的孩子，我确实做了很大的努力，给了你们很多的帮助。”

“哦，你已经尽力而为了，”安德说，“这就是重点。我们已经在这艘船上跟你待了五年，我们知道什么呢？我们所知甚少，甚至一无所知！如果你明天就死去的话，我们以后的日子都没什么指望。”

“你们有安赛波呀。在人类的世界里，我们这个小小的家庭十分富有，有代理人为我们工作，他甚至不知道我们的存在，而且在我死后，这些财富也仍然会在，代理人则继续为你们服务。我已经确信你们知道怎么与他们接触，我也教过你们永远不要对外泄露你们非同寻常的人身份。”

“哦，”小队长说，“对呀。我们可不都是训练有素的说谎者么。”

“你们会拥有世界上所有的图书馆。重要的是你们要知道学什么，怎么做。比如种植农作物。比如维护一个有活力的生态系统。又比如不要在饮用水里排泄等等。好好生活吧，你们有充裕的时间授课和学习，写作和创造，保持科技水平并且不断提高和改进。你们可以的。你们的孩子，还有子子孙孙一定会一代代延续下去。”

“我现在还是个孩子呢，”小队长说着突然泪流满面，“我管不了孩子。”

“你一直想要管我们呀。”安德有些嘲讽地说。

“你又不是我的孩子，”小队长说，“我对你不需要负责任。”

“我说他长得有点显老呢，”豆子打岔道，“好了，就说到这里吧，孩子们。你们没办法一下子把所有的东西都理解。而且我也不能强迫你们去做什么。但这就是我必须让你们赶紧进入虫族飞船的原因。你们可以征服它，控制它，开始改良飞船里的生物，让它们与植物和动物共存，这样你和你们的孩子就有食物可以吃。然后，你们要在那个行星上播种耕种，创建你们自己设计的生态系统，在那里安家落户。你们知道这需要花费多长时间吗？”

“我不知道能不能行，”安德说，“我觉得我们三个还没等准备好干农活儿，就死在这个方舟里了。真正在那个行星上播种的可能是我们的后代，弄不好还是后代的后代。”

“那也得我同意才行，”卡洛塔说，“毕竟我是唯一拥有卵子的人，你晓得吧！”

“话别说得那么绝对，”豆子说，“你也知道如今的科技可以把任意细胞转化成功能正常的卵细胞。男性拥有 X 和 Y 两种染色体。如果你还这么顽固不化，那么人造子宫里孕育的孩子就没你什么事了。所以，你要是一心想灭绝你的基因也没问题，那是你自己的选择。只是，你的卵子保留也好，给予也罢，它都不能用来要挟谁。”

卡洛塔怒不可遏，然后号啕大哭起来：“原来你们早就计划好了，把我扔在一边，自己干！”

豆子吃力地伸出一只手，他不敢直接触碰卡洛塔，害怕伤害到她，毕竟他的手太大，卡洛塔又太弱小。但是卡洛塔还是抱住了他的手，在他的手心里哭泣。虽然卡洛塔很生气，但毕竟还是他的女儿。“我的打算是给你们三个人选择的自由，按照自己的想法，而不依靠别人。但是如果你们三个都选择继续前进，前往殖民之地的话，那就再好不过了。别再相互争斗了。为了我们这个完美的新种族，为了我们这个既受诅咒，又像半神一样聪明的短命鬼们。”

“你说的好像英雄史诗一样。”小队长说。

“你们确实就是部落中的宙斯、阿波罗和赫拉呀。”豆子说。

“我要当爱神阿芙洛狄特！”卡洛塔说。

“哦，行啊行啊，”安德说，“也不知道是谁说绝不、绝不、绝不发生性行为的。”

“那就是智慧女神雅典娜呗，”卡洛塔说，“反正我不想当赫拉。”

选上角儿了。毕竟他们还只是孩子，而孩子都喜欢角色扮演。

而且他们也会继续扮演下去。或者至少也会试一试。豆子不能肯定他们的最终决定是什么。不过好在他们还没有公开反对或者表达出完全的反感。他们已经学会把故事包装成一部伟大的史诗了。虽然在这史诗包装下的生活中并没有什么真正的英雄事迹——只有沉闷而单调的工作，困难和艰辛，危机四伏的环境，还有失败和悲伤，可每个人的生活不正是如此么？

“记住一点，”豆子说，“你们仍是人类。也要告诉你们的孩子你们是人类，是另一种类型的人类。你们比尼安德特人、南方古猿和远古人更接近智人。求你们不要让孩子把人类当做另一个种族，甚至是外星种族一样的敌人。”

“他们一定会把人类当成敌人的，”小队长说，“不管我们怎么告诉他们。”

“那就想办法包装成宗教，”豆子说，“让人类成为他们的信仰。人类是被赐福的，不管是被什么赐福，只要是孩子们相信的就好。我带你们到这里不是为了毁灭人类，而是改进人类。”

“真是个高尚而伟大的故事，”安德说，“这故事可能有点说服力，但这说服力可以持续多久呢？”

“只要还管用，就尽可能持续下去。”小队长说。

一时间大家沉默无语。豆子现在也没什么再说的了，他得给他们时间和空间自己好好想想。

“我们去征服那艘外星飞船吧。”小队长打破了沉默说道。

“我去研制镇静喷雾。”安德说。

“我去尝尝对人类有益的植物，”卡洛塔说，“然后想一想我将来那些被侏儒养大的可怜孩子，一哭到天亮。”

SHADOWS IN FLIGHT

CHAPTER 07

Orson Scott Card

CHAPTER

07

进入方舟

辛辛纳图斯坚持要在自己身上试验安德调制的镇静混合剂，试验成功以后才能同意带到虫族方舟上。

安德翻了翻白眼，说："你以为我没有在自己身上试过吗？"

"我只是想确定一下这东西不会在我身上起作用。"辛辛纳图斯说。

"我甚至都不确定对敌人管不管用。"安德说。

"无所谓，"卡洛塔说，"反正我还带了一批凝固汽油。"

"你还真想在方舟里点火啊！"

卡洛塔朝辛辛纳图斯翻了个白眼，说："真是没有幽默感。"

"提起武器他肯定没有幽默感，"安德说，"你拿什么做备用武器？"

辛辛纳图斯指了指挂在希罗多德号着陆舱墙壁上的散弹枪，他们很早以前把这个着陆舱戏称为猎犬，因为它比狗狗大多了。他们从来没驾驶过猎犬——猎犬从来没有被启用过——因此巨人负责远程驾驶它。孩子们这回只当乘客。

“射击武器？”安德问。

“塑料子弹而已，”辛辛纳图斯说，“它可以穿透那些家伙的甲壳，然后在里面的墙上弹来弹去的。”

“是啊，弹回来好打中我们自己。”安德说。

辛辛纳图斯叹了口气：“安德，别忘了你在琢磨基因的时候，我在研究武器——还有盔甲。对了，我们的头盔上有面罩，我们会穿上短外套、裤子，还戴着手套。但我也不能保证这些装备不会被蟹鼠咬穿，不过即使咬穿也得花它们一些时间。还有我确实不能保证弹起的塑料子弹打在我们的衣服上会停下来，还是粘在衣服上，或是掉下去。反正也都是塑料子弹，没什么伤害力。”

“这武器还真是你精心准备的呢。”卡洛塔说。

“当然，做什么事都得先选好工具，”辛辛纳图斯说，“这是我妹妹教我的。”

“那我们的任务是什么？”安德问。

“就两个任务，”卡洛塔点头道，“活着，还有平安回来。”

“我知道我们有两个任务，”安德说，“我只想知道哪个是优先考虑的。”

“得先找到飞行员，”辛辛纳图斯说，“把方舟停在同步轨道的家伙是最危险的隐患。只有控制了方舟之后，咱们三个才能进入生态舱，看看是什么生物使方舟一直存活下来。”

安德点点头。

辛辛纳图斯有些惊讶，同时也有些释怀，看来安德对当指挥官并不感兴趣。事实上，他们两个人都把领导权让给了辛辛纳图斯。很难相信就在几个星期前，他们还在为争权的事打得不可开交。

不过最令人难以置信的，还是辛辛纳图斯曾十分严肃地提出过杀死巨人。辛辛纳图斯记得很清楚，他的提议是郑重其事，并且发自肺腑的。他没有理由再重新为自己辩解，说这只是个提议而已。

我当时就是个叛逆的王子，突然脑子一热想要罢免并且杀死自己的父王，现在想想太没有理智了。押沙龙[①]、狮心王理查德——他们都像我一样，深信不疑地认为自己的反叛行为是正确的。看来他们也都是些蠢货。

我早就想要有所作为了。现在我接到了任务，也得到了指挥权，不知为何却深感恐惧。

---

① 押沙龙，古时以色列国王大卫的第三子，为大卫所宠爱。其事迹载于《圣经》〈撒母耳记下〉13-19章。押沙龙容貌俊美、不遵守法度、刚愎自用。他因为胞妹他玛被大卫长子（他的异母哥哥）暗嫩奸污，而设计杀死暗嫩，为此被放逐。后来，他发动反抗父亲的叛乱，占领耶路撒冷，但在以法莲（今约旦西部）树林中全军覆没。他的堂哥约押趁押沙龙的头发被橡树枝缠住时将他杀死。尽管押沙龙有叛乱之举，大卫对他的死仍十分伤痛。

“卡洛塔。”辛辛纳图斯说，“你在中间，我在前面，安德在最后。”

“保护女孩吗？”卡洛塔轻蔑而傲慢地问道。

“如果有人能够理解方舟里内部布局结构的话，那就是你，”辛辛纳图斯说，“在必要时我们会一同作战，但是如果遇到突袭，被击中的也是我和安德其中一个，而不是你，因为你得告诉我们驾驶舱的大概位置——或者指引我们去最安全的地方。”

卡洛塔点点头，说：“嗯，说得有道理。细想想你是在把我当男孩。”

“不，”辛辛纳图斯说，“我其实挺欣赏你神秘的双性人格。”

“你也一样。”卡洛塔说。

他们一边说话，一边穿好了盔甲。辛辛纳图斯帮助他们扣好衣服——他已经用激光把盔甲切割到孩子的尺寸，所以大小很合适，但那些扣儿却总是扣不紧的样子。

“我们已经准备好了，父亲。”辛辛纳图斯说。

巨人的声音从船舱对讲机里传出来：“牢牢贴紧墙壁，系好安全带。我不想在操控飞船的时候还得担心你们会不会从座椅上掉下来。”

“你是打算要秀一下你的飙车技术吗？”安德问。辛辛纳图斯则开始确认大家是否都紧靠着墙壁，并且牢牢抓住了墙壁上突出来的把手。着陆舱原本是用来运载货物的，所以没有座位。墙壁倒是可以用来固定东西，不管是人还是货物。

“呃，”巨人说，“自从知道有机会可以驾驶像猎犬号这样可爱的机器时，我就想秀一下我的车技了。”

自打上次他坐在狗狗里一路颠簸以后，辛辛纳图斯就领教过巨人的驾驶技术了。猎犬号与希罗多德号开始分离，然后突然向前移动，没有突然地倾斜，也没有紧急转向。一个平滑的抛物线，干净利落。着陆舱目的地被定位在了方舟上开启的气闸门位置。

在猎犬号的腹部，伸出来了一个自成型的管道，在方舟表面形成了一个密封罩，把气闸门完全包在里面。孩子们看着位于船舱前方的全息显示屏，突然感觉对面吹来了一阵风，这大概是猎犬号输送到管道和气闸门里的气流。

“联合舰队曾经使用过这种登陆管道，但都是从登陆舰的侧方伸出的。因此突击队可以站着进入敌人的飞船，”巨人通过对讲机说，“但是自从后来安德·维京告诉我们敌人的大门在下面时，所有的新型舰船都改在底部设置管道，这样可以直接下落到敌人飞船里。”

“这有什么意义呢？”辛辛纳图斯问，“在零重力下，我们可以随意确定方向。”

“人类更倾向于习惯性思维。这样就可以用最熟悉的方式降落，还用得着什么机器定向呢？”

“也就是说，安德·维京用他的聪明才智取得的最后一项成果，就是把登陆管道由飞船侧面改到底部了？”

“这只是其中一个成果，另一个就是消灭了虫族，”豆子说，“以及保卫人类的安全，并且将所有虫族占领的殖民地行星归为人类所有。我猜你会觉得这其实并没有了不起吧。安德·维京为人类赢得虫族战争胜利，建立了和平而安全的世界。在战后的世界长大的孩子们眼中，也许这些确实算不上什么。”

“安德是外星屠异者。”安德小声说。

“要是再敢在我的船上说这句话，”巨人说，“我就把你的名字改了。”

辛辛纳图斯窃笑着说：“我觉得叫‘鲍勃’不错。”

“又不是我一个人这么叫他。”安德说。

“就是你。”巨人说。

“所有人类现在都这么叫他。因为那本书，《虫族女王》。”

“死者代言人确实毁了安德·维京的名声。”卡洛塔说。

“飞船已经连接好了，”巨人说，“等你们打开内层气闸门后，把指挥权交给辛辛纳图斯。”

卡洛塔先顺着管道下来，因为她得确保他们进入之后，万一有意外情况导致管道与方舟的表面脱离，外层的气闸门能够顺利关闭。她关上了气闸门，然后又重新开了两次。接着她呼叫辛辛纳图斯和安德带着散弹枪，沿着管道进入气闸门，他们身后背着喷雾包，喷嘴则连接在手腕上。

辛辛纳图斯打开头盔上的显示器，探测了一段时间之后，头盔上的计算机开始描绘和标示气闸上的所有主要特征。这个步骤很容易——卡洛塔已经把辛辛纳图斯第一次来到方舟上时收集的所有信息都编进了程序。随着他们不断深入方舟，卡洛塔可以把她看到的所有需要标记的东西进行口述，然后头盔上的计算机就可以随时创建地图，他们三个就可以同时看到同样的东西。

辛辛纳图斯要关注的则是热度和运动传感器，这些可以告诉他需要瞄准哪里，看到目标以多快的速度向他靠近。

辛辛纳图斯在内层气闸门前停住。他似乎有些期待几十个蟹鼠正埋伏在气闸门周围，等门一开就朝他们扑过来。如果是他负责防御这艘方舟的话，就会这么做。

当然，前提条件他是有能力指挥蟹鼠。就像安德说的，现在蟹鼠可能已经疯了，无论是对入侵飞船的这几个孩子们，还是对方舟上的飞行员来说，同样都是极大的威胁。飞行员可能被封锁在某处了，也许她正好看到辛辛纳图斯和他的队友前来解救她。

我是伟大的光明之神奎兹特克①，我又回来了。

“什么？”卡洛塔不解地问。

“我是科尔特兹，”辛辛纳图斯说，“不好意思，是我的嘴唇在动。”

---

① 奎兹特克，光明之神。他拥有翅膀和蛇的身体，并且会飞，有点类似于龙，是墨西哥的羽蛇之神。它的字义是“有羽的蛇”，它不但是“太阳的人”，并且是风的神，这个神源于玛雅人，它原来还有雷神的意义。在墨西哥克奥地华坎的奎兹特克神庙中，除了许多飞蛇和其他怪物的雕刻之外，同时还有一个最主要的神像“十一瓣花蛇头”，它与雨水、谷物及丰收都有关，这位尊贵的大神是多神格的，他以太阳神“天神长”的身份也兼摄风雨雷电、日月星辰的变化和运动。

“还以为你在心里默念呢，”卡洛塔说，“我的头盔试图翻译你说的话，但是翻译不出来，只明白‘我是伟大的神’这句话。”

“奎兹特克，”安德说，“飞行的蛇，在消失了很久之后又回到他的子民面前。”

“手里端着镇静喷雾和非杀伤性的散弹枪，”辛辛纳图斯说，“请把门打开，卡洛塔。”

门滑开了。

什么动静也没有。

辛辛纳图斯滑进了通道，确定好方向，站在狭窄的空间里。以虫族的视角来看，他正站在侧面的墙上。不过并没有什么区别。他测试了一下磁铁的磁性，然后小声说：“磁力很好。”

其他人也一样，靠靴子上的磁力吸在“地板”上。

在辛辛纳图斯显示器的一角，他的后视镜上显示安德在跟他相对的方向，所以在辛辛纳图斯看来是天花板，而在安德看来是地面。辛辛纳图斯最初的冲动是冲向安德跟他厮闹逗着玩，但是转念一想，他意识到不在同一个方向是明智的。因为从上面朝辛辛纳图斯掉落下来的东西，在安德看来就是从地面向上起来的东西——所以这样一来，他们更容易发现敌人、开枪射击。

辛辛纳图斯上次来这里的时候，他几乎立刻就遇到了蟹鼠。这次它们会不会不在这里出现了呢？

巨人的声音低声传入他耳中：“我猜测这个生态环境的时间跟虫族老家的一样。假如你上次来的时间是虫族的下午，那么现在就是它们的半夜。”

“如果它们是夜行生物的话，那现在就相当于咱们的白天。”安德轻声说。

“如果它们是夜间捕食者的话，那现在就是咱们的破晓十分，杀戮正开始，”辛辛纳图斯说，“咱们就是活靶子了。”

“我怎么一个也没看见。”卡洛塔说。

“咱们就快成它们到嘴的肥肉了，”辛辛纳图斯说，“千万别出声，除非有重要的事要说。你也是，巨人。”

“费，法，沃[①]。”巨人说。

“付。”孩子们异口同声地低语，这是他们小时候游戏的暗语。

他们身处的走廊通道围绕着方舟边缘一圈。也就是说这是个回环，走到最后还是会回到起点。

“我们是不是得找个通向方舟中心位置的隧道？”辛辛纳图斯问卡洛塔。

“这里不会有的，”她说，“含有生态区的圆筒在这个区域的内部。你们没感觉到它在旋转吗？”

“只感觉到轻微的震动，”安德说，“我敢打赌圆筒的转动与周边没有任何摩擦。”

---

① 一种儿歌，童话中巨人到来的警告。

“空气垫。”辛辛纳图斯说。

“是润滑油液体，”卡洛塔说，“被密封在圆筒里。或者是数万亿的滚珠。”

“无关紧要，”辛辛纳图斯说，“不是‘空气垫’，是我错了。”

他们又一次陷入沉默。

“他觉得咱们应该往前走，”卡洛塔说，“驾驶室一般应该是在船头或者船尾，但是这艘飞船主要目的是要保护虫族女王，她应该是在岩石附近。”

“不，”安德说，“我是说，虫族女王的确会受到最大力度的保护，不过她在哪里跟驾驶室没有什么关系。”

辛辛纳图斯立刻明白了其中含义。这艘飞船上的每一个工虫都可以看到它们的虫族女王。所以她无处不在。

“对不起，是的，没错，”卡洛塔说，“不能以人类的角度想问题。”

“那还是同样的问题。”辛辛纳图斯说。

“也就是它们是怎么控制飞船的。在我看来，它们是从前面向船尾输送管道，重叠冗余。我猜测每个立管里都有全套的组件，通过这种方式将驾驶室放置在飞船的中央。”

辛辛纳图斯回想着气闸在哪里，他带着他们沿着边缘的走廊从哪个方向走的。“那不就是从这里上去的吗？”

“你是站着的，对啊，”卡洛塔说，“从安德的角度来看是向下的。”

“给我们选条路，卡。”辛辛纳图斯说。

“我讨厌被叫成‘卡’。”她嘟囔着。

“你更讨厌‘洛蒂’吧。”安德耳语说。

“我还是能听见你说话的，”辛辛纳图斯说，“这次任务里你得有个单音节的名字。”

“‘卡’跟‘萨兹’[1]太像了，”安德说，“我看就叫她‘洛特’吧。”

“洛特，可以。”卡洛塔说。

“现在请闭上嘴。”辛辛纳图斯说。

他们面前有两条向上的通道，但是卡洛塔没让他们上去。直到他们来到一个通道，洞口很大，通向左边，卡洛塔终于开口了。

“这是其中一个立管。”

“那些火箭发动机喷管不是在里面吗？”辛辛纳图斯说。

“但所有的控制装置都在上面，在立管和船体之间，”卡洛塔说，“最起码我们得进去看看。”

通道与走廊之间被封住了——空气密封，以确保如果船体出现缺口，这里不会吸入从环绕整个飞船的走廊流进来的空气。跟气闸门一样，这里也有一个控制门开关的操纵杆。

里面是一个新月形的空间。四个干瘪的工虫尸体像破布娃娃一

① “萨兹”指的是“小队长”英文sergeant的“serg”。

样被弃在一旁。一些尸体的四肢断了，散落一地。辛辛纳图斯不由得吓得退了一步。

“我觉得它们应该不是在这里死的，”安德几乎立刻说道，“它们很可能被飞船靠近行星时减速的推力给推到下面来的。它们下来的时候早就已经成干尸了——所有这些破损都是最近造成的，而它们已经死了一个世纪了。”

“所以虫族女王死的时候，它们也死了。”辛辛纳图斯说。

“按推测的话是这样，”安德说，“这就是虫族的生存方式。”

“蟹鼠没吃了它们。”卡洛塔说。

“我猜它们不会用操纵杆。”辛辛纳图斯说。

“没聪明到会用它，”安德说，“不过它们很强壮而且灵活。”

辛辛纳图斯看着向上延伸的通道。与围绕周边的走廊不同，这条通道有肋拱和管线可以当梯子用。很合理——当飞船加速或者减速时，这个就能派上用场，虫族的工虫就是通过这个梯子爬上去的。

而现在，在零重力下，辛辛纳图斯再一次选择了一个侧面，然后纵身贴在管道上。卡洛塔随后，安德再次选择了相对的方向。

他们经过了几个跟他们刚才进来时类似的地方，后来又看到了一个密封的门，在门的另一侧，管道开始增多。

“支管。”卡洛塔小声说，“这样一来，没有东西会掉出来。”

“不过，到底有多长？”安德问。

没人回答他。他们都知道从伸入岩石的管道开始，到飞船后部的火箭发动机喷管管口，虫族飞船的总长度约为一千二百米长。每个立管的前部与船体分离，腰部变窄伸向岩石。他们到了那里就会离开立管，再次进入走廊。

整个立管显然是封闭的，蟹鼠无法进入。他们没再见到尸体，也没遇见敌人。但是当他们从立管通道里出来，进入另一条边缘走廊时，情况就完全不同了。

空气中布满残骸，在灯光中就像尘埃一般漂浮在空中。他们看了半天才弄清楚这些都是身体的残骸。辛辛纳图斯头盔上的热量传感器显示前方走廊弯道的两端有活着的生物，但是视线中并没有任何东西出现。

安德走了过去，开始从空中收集残骸并进行检查。

“是蟹鼠的残骸，但其中也有别的生物。昆虫的翅膀，非常大的翅膀。还有很多小的骨骼碎片，皮肤我辨认不出来呢。”

“垃圾站？”卡洛塔说。

“更像是蟹鼠的餐厅，”安德说，“吃得满处都是。虫族绝不会把地方弄得这么乱，干扰视线。”

辛辛纳图斯的头盔示意警报。“它们可能闻到了我们的气味，或者感应到了热量，”他说，“有东西过来了，两边都有。”

安德立刻翻上了“天花板”，面对着管道；随即，辛辛纳图斯面对着另一头。

“先用喷雾，安，但是如果它们速度没有慢下来也别害怕，换散弹枪就成。洛特，给我们指路，看看从这儿应该往哪儿走。”

“走我这边还是你那边？”卡洛塔说，“从我这儿看不到任何通道。”

“往我这边的方向走，”辛辛纳图斯说，“安，跟紧了。洛特，你能用绳子把他拴上然后拉着走吗？我们可不能走散了。”

他知道卡洛塔会听他的话，果然她从腰带上拉出了一条三米长的缆绳，用缆绳上的挂钩挂在安德的腰带上。安德顾不上这些，因为蟹鼠正穿过残骸，猛冲过来，从墙壁跳到地面，再蹿到天花板，所到之处，骨头、外壳、翅膀、皮肤的碎片就像狂风暴雨一样砸落下来。攻势如同一股龙卷风铺天盖地从走廊席卷而来。

沿着走廊上来。辛辛纳图斯立即明白了安德·维京的话“敌人的大门在下面。”辛辛纳图斯面朝地面，然后双脚分开支撑着墙壁，通道太窄，他只能两腿分开，从两腿之间向下喷射喷雾。

喷雾——如果对蟹鼠有效的话——应该很快就起作用。喷嘴里喷出来的烟雾一样的溶剂，至少覆盖了十米之外的走廊。味道非常淡。

显然，镇静喷雾对蟹鼠完全没有作用，因为它们前进的速度丝毫也没有减缓。辛辛纳图斯立刻拿起散弹枪，从两腿之间向下瞄准，等着蟹鼠的到来。

它们还在不断从墙上蹿出来，不过这时他发现蟹鼠的动作开始有些不听使唤了。它们不再是用腿着地，而是跌跌撞撞，翻来滚去。

“喷雾起效了。”辛辛纳图斯说。

“嗯。”安德说。

“那咱们接着往前走吧。”卡洛塔说。

辛辛纳图斯心里闪过一丝不满——到底谁是指挥？不过他立刻意识到卡洛塔说得没错，他早就应该下这个命令。

他重新调整好位置，便于再次走向回廊。被麻醉了的蟹鼠从安德的方向过来，击打起他的后背，而他的前面也有蟹鼠在不断地攻击。增压服帮他抵挡住了一些冲击力，但是防御性毕竟有限，作用根本没那么大，他的身上肯定已经有了一些瘀伤了。蟹鼠开始攻击辛辛纳图斯的头盔面罩，震得他的头直往后仰。他迅速向前移动，每隔大约十米就喷射一些喷雾。安德没有射喷雾——因为他们在往前走时，辛辛纳图斯射出的喷雾还没有消散。安德的喷雾得留着对付身后的敌人。

辛辛纳图斯来到右边的一扇巨大的气密门，门的另一头通向方舟的中央。他暗暗打赌卡洛塔一定会选择这扇门，因为门没有开启，所以很可能里面没有蟹鼠。果然，卡洛塔用操纵杆打开了门，里面没有尸体和残骸，不过有大量的蟹鼠在弥漫的喷雾中正打算涌进来。

“下次一定要等我掩护好你再开门。”辛辛纳图斯严肃地说。

“对不起，下次注意。”卡洛塔说。辛辛纳图斯从她身旁挤过去，扫描前面的走廊。空空如也，什么也没有发现。没有热量，也没有任何动静。

他看到安德从门进来，卡洛塔关上了门。钻进来的蟹鼠为数很少，辛辛纳图斯带领队伍沿着走廊快步行进。

“我们还没有杀掉什么东西，”安德说，“除了那些被弹到墙上撞死的以外。”

“有东西从门外进来跟着我们吗？”辛辛纳图斯说。

“没有。”安德说。

“到飞船的中心有很长的一段路程要走。”卡洛塔说。它们走了没多远，走廊变得开阔起来，眼前出现了一个巨大的、像三明治一样的屋子。辛辛纳图斯强迫自己用虫族的视角确定路线，观察这间屋子。地面和屋顶的距离不超过一米，但表面都起伏不平，上面布满了坑坑点点的孔洞，而且孔洞很深。

“睡眠区。”卡洛塔猜测。

她说的没错。每个孔洞都很深，便于让工虫爬进去睡觉。柔软的有机表面能够保护它们免受加速带来的压力。辛辛纳图斯伸手探进洞去，用手压了压，但是立刻就破碎了。以前这孔洞应该是有弹性的，但是现在都干硬了。也许是工虫睡觉的时候用身体把它弄潮湿，以便保持孔洞的柔软性。可如今用手一碰就碎成粉末了。

行进的路程很艰难。他们脚上的磁块没有了用武之地，所以不得不靠自己的力量支撑着地面或者屋顶，他们试了试，但是没成功。辛辛纳图斯却很快找到了窍门——双手稍稍用力撑住，让身体匀速漂移就可以了，只有当遇到凹凸不平的表面时，才需要扶住孔洞，其他时候都可以漂着。他看了看，另外两个人紧紧跟在身后。不管他们是跟他学的，还是自己想出来的，都不重要。重要的是，他们也漂得不错。

一些孔洞里有工虫的尸体，不过大部分都是空的。

“我们去哪儿，洛特？”辛辛纳图斯问，“这样会一直走下去没个完。”

“应该会有通向中心的建筑。这屋子能容下成百上千的——”

“大约三千只工虫，”安德说，“如果一路都是这样的话。这还不包括在中心里的工虫。”

辛辛纳图斯并不感到惊讶，因为已经脱离了危险，所以安德的注意力自然转移到研究虫族居住情况上，暂时忘记了主要任务。不过，这也是安德的任务之一：在没有作战警报的条件下，他来研究方舟上生物的生活方式，而卡洛塔研究飞船的机械构造和建筑平面图。辛辛纳图斯自己保持着警戒，不过目前看来还没有什么危险情况。

他的头盔示意着他应该径直走前往中心，而且当他因为要躲避地面和屋顶上的凹凸平面而偏离目标路线时，头盔则会指示他应该往哪儿走。他们的行进速度快得难以置信，甚至让人反应不过来。所以当眼前出现了一个金属墙壁时，他都没来得及停住。他只能一个空翻跳落到地面，双膝都被震得弯曲起来。磁铁的反应速度太慢，来不及把他吸附在原地，于是他又一次弹了起来，不过这次速度倒是不快。

“磁力调整到二百。”辛辛纳图斯说。说着，他便和安德撞在了一起——卡洛塔则幸运地躲开了，不然也得撞上他——他们等着磁力增加，以便把他们吸在中心的金属墙壁上。周围的虫族睡眠区已经被他们弄得一团糟，使得靴子被吸附到金属墙壁时，几个人身上都沾满了孔洞的碎屑。

“磁力正好。”辛辛纳图斯说。他可以继续移动了。

中心有几个有规则的开口，没有门。卡洛塔示意可以通过，于是辛辛纳图斯从第一个门落下。

他们发现自己身处一个长长的通道上，一直通向飞船的中轴线。这次，管道上有轨道，方便工虫在地面和屋顶之间上下来回。这样的设计很合理——如果用推车的话，就只能沿着地面来回，不能用在轨道上。这些轨道上拖着一些东西——而且很有规则。辛辛纳图斯看到那些金属轨道很有光泽，看来是经常使用。

“这些轨道还处在运转中。”卡洛塔说。

恰好在这个时候，安德从后面发出了警报：“快闪到一边，有车来了。”

辛辛纳图斯趴倒在“地面”上，身体伸平。过了一会儿，沿着轨道来了一辆小车，轨道两侧各有一个拉杆刹住车轮。车身就像一个铁丝网做的鸡笼子，凸起处是一种有机物质。植物吗？不是，它们都纠缠扭曲在一起，推挤着铁丝网。可是什么东西也没从车里出来。

不是蟹鼠，甚至连像都不像。这些东西更像是一种软体生物，比如蛞蝓，只不过身体更宽大，而且有毛发或者是纤毛。毛毛虫吗？按照地球上的生物进行推测，可能得不到什么结果，甚至可能还会被误导。反正这是安德该负责的事。

辛辛纳图斯跟在那辆小车后面，但没有跟得很紧。这东西看来没有意识。可问题是这辆车是循环一圈，还是调转方向再回来呢？

结果，那辆车没有回来。过了一会儿，辛辛纳图斯来到了一个地方，轨道在这里内转弯通向中心。辛辛纳图斯停住不走了，突然那辆车又回来了，正好停在一个入口处。一股令人作呕的臭气从入口处通往的空间里传出。

从鸡笼子里，辛辛纳图斯看到有东西开始清理起笼子来。

是一只蟹鼠。

但蟹鼠并没有吃什么，只是把最后一点儿缠在铁丝网上的蛞蝓扒拉下来。接着，入口关闭了，管道再次陷入黑暗，只有辛辛纳图斯头盔上发出的一点点亮光。小车继续沿着来时的方向行进，而没有反转。看来是一个回环，货物已经运送完毕。

辛辛纳图斯几个人围绕在入口的周围，没有看到打开门的操纵杆。

“现在怎么办，洛特？”辛辛纳图斯问，“至少那头有一只蟹鼠，但它不吃蛞蝓，只是把它扒下来。”

“难道这就是蟹鼠爪钳的用处吗？”安德问。

“目前这不是我们要关心的，不过……是的，”辛辛纳图斯说，“这会不会就是造出蟹鼠的目的，这才是蟹鼠干的活？”

“与此同时，”卡洛塔说，“我觉得我们可以发出信号，让系统知道有辆小车在这里，那扇门就会打开了。因为它是机械装置。你看，车轮压过踏板，压力触动开关。”她看着辛辛纳图斯说，“我要开门了，准备好掩护我了吗？”

“准备好喷雾。”辛辛纳图斯对安德说。他们把喷头对准入口喷射。“别说我没提醒你啊，里面可臭死了，”辛辛纳图斯说，“开门，洛特。”

门打开了。

臭气立刻扑鼻而来，越往屋里走，气味越臭，而且里面潮湿闷热。

五六只蟹鼠聚集在附近，不过都在沿着一条逐渐向上的金属坡道忙着弄蛞蝓。其中一只发现了辛辛纳图斯，转过身面向他，却没有扑上来攻击。相反，它转身回去，拉了一下门边的操纵杆，把门又关上了。这下，辛辛纳图斯、卡洛塔和安德都被关在房间里了。

不，这里不是一间房子，而是一个洞穴。跟工虫的宿舍不同，这个空间的屋顶更高——大概得有五米多。许多像钟乳石和石笋一样的东西要么从屋顶垂到地面，要么从地面直刺到屋顶，这些钟乳石和石笋都是有机物质，像海绵一样柔软多孔而且有弹性，孔洞比工虫的住处窄很多。

蟹鼠把蛞蝓推上通往洞穴中心的坡道。那里有一个平台，柔和的灯光从不同方向照射着平台。整个房间都是以这个地方为中心。

沿着坡道越往上走，臭味就越来越浓重，不过他们已经适应多了。头盔开始清除面罩里的空气，让他们感觉好多了。

蛞蝓黏附在坡道上，蟹鼠抓住坡道的边缘。鞋子上的磁块则可以让孩子们在坡道上站稳。

“像是女王的宫殿。”卡洛塔说。

“这些是卵室，”安德说，“是虫族女王的巢穴。”

但里面却没有虫卵。而且，越靠近中央的平台，卵室就越多，而且里面满是棕色的黏液，上面还有一条条绿色的东西。腐烂的虫卵，都烂成了泥。

在坡道尽头，蛞蝓被推上平台。无数的蛞蝓被高高堆起，大多数都已经死了，新的蛞蝓从高处倒下来，掉在四周，被砸成烂泥溅到坡道下面。蛞蝓像鳝鱼一样蠕动，但是无处可去，只有游进烂泥遍地的卵室里。

“它们在给虫族女王输送食物，”安德说，“只不过她已经不在这里了。”

辛辛纳图斯终于来到平台。他踩着满是蛞蝓的地面走向中央。在灯光交汇的焦点之处，有一道矮墙，为了阻止蛞蝓爬进位于正中心的三米宽的圆环里。

在那道墙里，有更多的有机生物在蠕动或蜷缩在一具灰色而干瘪的尸体上，尸体长着翅膀，体型像巨人一样高大。

“她在这儿，”辛辛纳图斯说，“不过，她已经不知道什么是饿了。”

SHADOWS IN FLIGHT

CHAPTER 08

Orson Scott Card

CHAPTER

08

在驾驶室

卡洛塔恨这个虫族女王，即便她已经死了。因为虫族女王能够跟她的女儿们畅通无阻地沟通，而根本不需要任何的通讯系统。虫族女王可以在任何地方驾驶飞船。飞行员也可以是任何人，不需要亲眼看到才能驾驶，甚至不需要任何驾驶仪器，因为虫族女王从它女儿那里得到的信息，别的虫族瞬间也都会知道。

因此卡洛塔即使通过追踪内部通讯系统的连接，或者寻找无线电讯号源，也找不到驾驶室。驾驶室是无形的，根本不需要这么一个地方存在。

她瞪着虫族女王的尸体，安德则在采集尸体的全息图像。

“别碰，”安德对她说，“一碰就成粉末了。”

“看来咱们审问她是不可能的了。”卡洛塔说。

“去吧，随便问。”小队长说。

卡洛塔不想再开玩笑了：“有人在驾驶这艘飞船，但是驾驶飞船的不是她。我追踪不到通讯系统，因为这里根本没有。”

安德对他们关心的话题丝毫不感兴趣：“我收集了所有的图像资料，都储存到希罗多德号上了，所以我得采集个样本。”

“那‘碎成粉末’怎么办？”小队长说。

“我会小心的。”安德说。

“就好像我们不懂什么叫‘小心’似的。”小队长说。

“你们男孩儿之间就知道较劲，”卡洛塔对小队长说，“我们已经找到了飞船的中心，里面尽是一摊摊腐烂成泥的尸体，而且还都是给女王当美餐用的。”

“即使女王死了，卵室的孵化系统也还在运行，卵室的孔洞也柔软有弹性。”安德禁不住赞叹，甚至还有一种自豪感，好像虫族女王的寝殿是他亲自设计的一样，“没有机器人，也没有计算机，只靠培育出的生物来干活，啧啧。”

“跟我们一样。”小队长说。

“嗯，巨人是培育者，”安德说，“我们也是被培育出来的。”

“我们也是试验品，”小队长说，“只不过我们的设计者没有虫族女王那么优秀。”

卡洛塔看见安德的确在小心翼翼地触碰尸体——他把虫族女王干缩的尸体从不同部位上轻手轻脚地收集一些样本，但是没有造成任何破坏，甚至没有压到。只是轻轻夹起，放到自动封闭的取样袋里。

小队长的话触动了她，她感到那句话也同样触动了安德，因为他的手从尸体上抬起，陷入了沉思。

“虫族确实在遗传学方面很在行。”卡洛塔说。

“但是没有实验室，”安德说，“至少这里没有。也许实验室就是女王的卵巢。通过意志，她可以决定什么时候产出虫卵，孕育出新的女王。甚至产出新型的虫卵，培育出替代工虫的蟹鼠。”

“应该不是条件反射，”小队长说，“她得计划好要做什么，至少得知道什么时候孕育出蟹鼠。”

“那她在产卵的时候。”卡洛塔说，“谁来控制飞船呢？”

“也是她。”安德说。

“那谁来照顾和维护生态区呢？还有谁负责维修飞船？谁向其他行星上的虫族女王汇报情况呢？”

“也都是她，”小队长说，“虫族女王比我们有智慧得多。”

“就算能处理多项任务，那她真能同时看到和听到所有工虫传通过感应输给她的信息吗，同时接收到？还是只有在需要她的时候，她才集中精力关注它们？她的精力再能分散也得有个极限吧。”

“为什么一定得有极限呢？”安德问。

“你就拿我当一回聪明人，顺着我的思路想，”卡洛塔说，“你看那些工虫好像也不是没有自己的思想，你没发现女王死后，卵室还照常运行么？”

“那不是工虫，那是蟹鼠，”安德说，“照看羊群的狗。”

“可她理应让工虫做这些活儿的，不是吗？她创造出这种可以自我复制的生物，对她来说有什么好处呢？”

小队长和安德终于明白了她的意思。

“她不能无限地把精力分散出去，”小队长说，“她需要别人帮她做一些机械性的工作，不需要她来思考或者决定。”

“是一种无意识的重复性工作，”卡洛塔说，“但是像维修飞船这样的活儿就要求你得知道自己要干什么。每一个工虫，和它们做的每一项任务她都得同时管控吗？还是当工虫知道应该做什么的前提下，每个工虫都独立地完成自己的任务？”

“你是说每只工虫，都是独立的个体，并不是女王意志的延伸，”小队长说，“不像是女王的傀儡，而更像是她听话顺从的……孩子？”

“有人在控制这艘飞船，”卡洛塔说，“但不是虫族女王。那会不会是女王死后幸存下来的工虫？也许女王并没有控制所有工虫的意志，也许工虫有独立的思维意识，在女王没有关注的情况下，也能学会怎么干活，所以当女王死去以后，它们也照常干活。”

“对，”小队长说，“说得有道理，但我们都知道随着虫族女王的死去，所有的工虫也会死。人类派遣了许多支军队前往虫族所居住的各个行星，当维京杀死了所有的虫族女王后，军队报告说所有的虫族立刻停止了战斗。它们既没有逃跑，也没有任何行动，而是躺下并死去。”

“但是它们是先躺下。”卡洛塔说。

“是倒下。”小队长说。

“我也看了那份报告，”安德说，“它们倒在地上。其中一些工虫没有立刻死亡，生命体征维持了半个多钟头。所以卡洛塔说得对。

工虫的身体系统在女王死后至少还能持续一段时间。”

“那会不会这个女王知道自己就要死了，于是给一些工虫发出指令，让飞船继续飞行呢？”卡洛塔问。

另外两个人点点头。“我们并不知道是什么机制使得工虫在女王死后也随之而亡，”安德说，“也许这是个特例。”

“咱们去驾驶室看看吧。”小队长说。

“问题就在这儿，”卡洛塔说，“我不知道怎么找。难道飞船里的每个门都得打开看看吗？”

“你刚才说，”小队长说，“假如工虫有独立的意识，那么女王不会始终不停地把航行信息传送给负责飞行的工虫，那这样一来，就肯定会有数据的连接。”

“或者女王的女儿在某个特定时间可以充当驾驶员的角色，那么她一定得在一个能看到信息的地方，比如仪表盘、信息显示器等等。她得知道随时与行星保持适当的距离。如果虫族女王不是时常跟她沟通航行信息，那么就应该有可以追踪得到的设备仪器。”

“为什么不查看一下所有火箭发动机的点火装置呢？”安德问，“飞行员能够直接控制这些——飞船航行就是靠这些装置，飞行员的任务不就是控制它们嘛。”

“因为那是飞船最危险的部分。”卡洛塔说。

“追踪仪器设备其实并不危险。但查看火箭发动机的点火装置却是另一回事。飞行员可能正等着我们靠近发动机系统，好把我们都烧成灰。”

把一个雌性生物与残暴野蛮联系起来似乎有些不太妥当。但是人类看到和知道的所有虫族都是雌性，她们残忍危险，毫不手软。吉卜林[①]是怎么说的来着？族群中的女性比男性更致命[②]。在虫族身上也是一样，半点儿不假。

“可如果它杀了我们，飞船也会受损的。”安德说。

“船上到处都有冗余设备，即使坏了也没关系。可我们就完了。”

“所以先试试把每扇门都开一下吧，如果看到数据收集系统就可以追踪连接了。”小队长说。

“这艘船可不小啊，”安德说，“有不少的门。”

“好在飞船的大部分空间都是包裹着生态区的圆筒。”小队长说。

“直径有一公里还多呢，”安德说，“这里的蟹鼠倒是挺老实，可其他地方的那些蟹鼠太凶悍了。我们的镇静喷雾有限，而且效力也在逐渐消失。这就像是可视游戏一样，坏人突然间都满血复活，然

---

① 约瑟夫·鲁德亚德·吉卜林，英国小说家、诗人。主要作品有诗集《营房谣》《七海》，小说集《生命的阻力》和动物故事《丛林之书》等。1907年，吉卜林凭借作品《基姆》获诺贝尔文学奖，当时他年仅42岁，是至今为止最年轻的诺贝尔文学奖得主。获奖理由是：“这位世界名作家的作品以观察入微、想象独特、气概雄浑、叙述卓越见长。”

②“族群中的女性比男性更致命”出自约瑟夫·鲁德亚德·吉卜林的诗歌《族群中的女性》。

后立刻朝你扑上来，紧接着游戏结束。”

卡洛塔看着眼前像汪洋一样的一片烂泥塘。

“多美好的家啊，”她说，“我正试着用女王的视角来看这一切，在她还活着的时候。所有这些小孔洞就像她孕育虫卵的子宫，养殖在这里的这些蛞蝓用来喂养她和她的宝宝。”

安德又插上一句：“别忘了还有屋顶呢。”

卡洛塔抬头看去，许多纤维状的突起从最高处垂下来。其中一些突起上还垂挂着一个个西瓜大小的圆球。

“那是什么？”卡洛塔问。

“虫茧。我敢肯定它们都死了，但还是得带一个回实验室做研究。”安德说，“地上的所有虫卵都被腐烂的细菌污染了。可能虫茧里包裹的幼虫身上仍然有干净的遗传物质，可以供研究使用。”

“这不是我们现在最先要考虑的事。”小队长说。

“但也不是最后才需要考虑的事，”安德说，“我们既然有时间停下来聊天，那何不收集一两个样本再离开这个黏糊糊的屋子呢。”

“你要带个蛞蝓回去？还有细菌？”小队长说，

“我在进来的路上已经收集这些东西的样本了。”

“你是负责殿后保护的，不是来这儿东瞧瞧西看看的自然学家。”小队长说。

“身后又没有敌人攻击，”安德说，“虫族女王并不是唯一一个可以同时做很多事的。”

“小子们，”卡洛塔说，“咱们一辈子都得这样么？你们俩一直就这么吵下去？”

“咱先说清楚一点，”安德说，“只有一个人在吵，那个人可不是我。我一直在服从命令，而且没有任何抱怨，也没反对和批评过谁。是小队长一心想要抓我的错，我可没有。卡洛塔你说过——虫族女王是遗传学的专家，它们用自己的基因组创造出蟹鼠。所以我在这儿收集的样本很可能会让我们学到一些人类还没有发展出来的技术，甚至也许可以挽救我们的生命。”

“是也许。”小队长。

“又跟我抬杠，”安德说，“说话别捎上我，卡洛塔，是小队长自己的问题。”

“我们得找到飞行员啊，”小队长说，“不能分开行动。”

“十五分钟，”安德说，“你把其中一个虫茧射下来，卡洛塔和我接住它。”

“用什么射下来？镇静喷雾？散弹枪？”小队长有些得意洋洋地说。

“用你背包里藏着的激光切割机。”安德说。

卡洛塔事先完全没注意到，可安德却早就看在眼里了。

“呦，你的致命武器比我们多不少啊，是吧，小队长？”她问道。

“我是觉得我们可能会遇到活着的虫族女王。”小队长说。

“这么说只有你能把她杀死？”安德问。

“对了，这才能让你们心服口服，从此再也不会对我诽谤挑衅。”

小队长说。

"够了，"卡洛塔说，"我们说的话巨人都在听着呢。我们在这讨论浪费时间的事，本身就是在浪费时间。不过收集虫茧不算是浪费时间，赶快行动吧，然后一起去找驾驶室。"

两个男孩互相瞪着对方，但是对卡洛塔的话无法反驳——巨人在听着呢，这句话提醒了他们，也让他们马上冷静下来了。

"你们两个真是蠢得要死，"卡洛塔说，"这里的幻象太逼真，把你们俩都骗了。"

"什么幻象？"小队长问。

"重力的幻象。"卡洛塔说。

看到他们两个恍然大悟的样子，卡洛塔露出了胜利的得意之色：他们射中悬吊着的虫茧，但虫茧并没有掉下来。

"可另一个虫茧掉下来了。"安德弱弱地说。

"那是在减速的时候，"卡洛塔说，"飞船调转方向，火箭发动机向上推进使这块大岩石减速。虫茧就是这个时候坠落下来的。"

"可这里所有的液体呢，"小队长说，"还在地面上啊。"

"它们都黏着在虫卵的孔洞上，"卡洛塔说，"而且那不是液体，是黏性物。大多数的时间飞船都是在零重力下航行。如果虫卵和幼虫的生长发育需要某种液体的话，那一定得是凝胶状的，不会流走，而且也不会把女王淹死在里面。"

安德也当仁不让地加入了推理的行列。"虫族女王需要一个像家一样的环境，"他说，"在行星上，液体通常只是水，幼虫会爬到屋顶上做茧。所以它们把这里打造成家的样子，具备家的环境和作用，即使没有重力也不会受到影响。”

“现在你又充专家了，”小队长说，“但要不是卡洛塔说的，你能想到……”

小队长的声音突然越来越弱了，因为卡洛塔走到了他和安德中间，盯着小队长的眼睛看。

“磁力归零。”小队长说。他一下子就飞了起来，飘向最近的一个虫茧。然后用激光射枪轻巧地隔断了连着屋顶的虫茧根茎，然后抓住剩下的半段根茎向下飘回地面。

安德打开一个取样袋，然后把虫茧收了进去。“谢了。”他说。

“现在好了，你得宝贝似的护着这东西了，怕它磕着碰着的，”小队长说，“打起仗来你一点忙也帮不上什么。”

“小队长啊，”卡洛塔说，“记得你坐着狗狗带回来的那只蟹鼠的尸体么？他靠它弄清了很多东西；现在他也一样能从这个破虫茧的DNA上搞清一些事。所以他不是当宝贝儿，他是在做自己的工作。”

“他就是当宝贝儿，”小队长说，“你说了也白说。”

安德拍了一下取样袋，使了不小的劲。“嗯，”他说，“报告，安德鲁·德尔菲克准备好战斗了，长官。”

小队长忍不住笑了起来：“收到。好吧，卡洛塔，你想去哪里？”

“有件事我很担心，”卡洛塔说，“万一我们开错了门，把一大群凶猛疯狂的蟹鼠放了进来，它们就会冲向那些活着的蛞蝓，慌乱之下就会殃及那些正在干活的蟹鼠。”

“要是我们把它们用镇静剂麻醉了的话，它们倒在那些细菌烂泥里，就会被粘住，”安德说，“即使不被淹死，也会被浆液溶解。”

“我们尽量把伤害降到最低吧，”小队长说，“不过从来时的路回去是不可能了——轨道车已经沿着回环回到了起点。”

卡洛塔表示赞同，但还是说不好往哪儿走。

“现在的问题是，驾驶室是在中心吗？假如中心和所有的火箭发动机和传感器保持着相等的距离，那所有的操纵杆和连接线长度都是一样的吗？如果驾驶室在某个边缘上，那观察窗在哪儿？”

“假如有观察窗的话，”小队长说，“那就应该在尽可能靠前的位置，这样飞船可以最大限度得到来自岩石的保护。”

“不过只能看到一个方向的观察窗有什么用呢？”卡洛塔说，“这艘飞船是圆对称的，没有像咱们飞船的那种机腹和机尾。”

“所以驾驶室的每个边都有视窗？”安德问。

“即使在岩石下面最窄的地方，直径也将近九百米，”小队长说，“确实是个很大的控制室。”

“那就用不着观察窗了？”安德问。

“不，”卡洛塔说，“五个支柱完全是相互复制的，彼此重复。我觉得这里有五个控制室，每个控制室都有通向每个发动机的控制装置，每个控制室都有观察窗，所以即使外部传感器失效，它们也能看到外面。”

小队长点点头：“控制室互相之间是封闭的，所以即使一个控制室被毁，也不会导致其他的控制室大气流失。”

“驾驶员应该是藏在其中一个驾驶室里，这样就能躲开那些疯狂凶残的蟹鼠了。”安德说。

“那咱们就一路向前走吧，”小队长说，“在边缘的走廊找找控制室，应该就在几个立管中间。”

“那里是最佳视点。”卡洛塔说。

“如果工虫也吃那些蛞蝓，”小队长说，“那会不会有一个传送系统通到那里？”

“我觉得没有，”安德说，“虫族女王和虫卵在一起，而且有食物直接送到她嘴边。而工虫可以通过轮换获取食物。”

“这就是为什么到处都是通道，却没有轨道车的原因。”卡洛塔说。

“那问题是，我们已经走得有多靠前了？”小队长问。

这个问题问得好。他们已经沿着轨道车的隧道走了很长的距离。

“地图。”卡洛塔说。

一个三维飞船模型出现在卡洛塔眼前，距离她不到半米。这肯定不是个实体——只是头盔面罩投射出来的图像而已。面罩能随着她的视线移动，只要她用嘴唇发出“砰”的一声，图像就能放大，舌头发出“嗒”的一声，它就能缩小。

“我们其实走得很靠前了，已经走过了岩石的后面，”她说，“虫族女王的头顶和两边都被岩石包围。所以有观察窗的屋子应该在这里靠近船尾的地方。”

“难不成还得穿过驾驶室才能到那儿？”小队长的语气有些沮丧。

“我们在这儿已经获得不少信息了，”卡洛塔说，“虫族女王死了，还有蟹鼠到底是干什么用的，都弄清楚了。”

“而且我们一开始是在一个隧道里，”安德说，“所以只能沿着隧道走，通向哪里也不是我们能决定的。”

小队长没有回应，一直带路走向边缘走廊里五个门其中的一个。

“为什么选这个门？”卡洛塔说。

“我随便选的。”小队长说。

门开了之后，他们又发现了一堆尸体残骸和几只狂躁的蟹鼠。他们立即开启喷雾，卡洛塔也立刻关上了们。来到另一扇门后，情况也是一样，只是这次是小队长带领他们进去的，然后关上身后的门。大家在弥漫的喷雾中走在通向船尾的下行通道，通道上的各个隧道方便工虫进出；向右走，它们来到了一个低矮宽阔的隧道，必须得贴在墙壁上走才能站直身子。

通道上飘浮着许多疯狂蟹鼠的残肢断体。“它们在找什么东西吃？”卡洛塔说。

“所有这些残肢断体都是蟹鼠身上的，”安德说，“它们在自相残杀啊。”

“毕竟得有东西输送营养嘛。”小队长轻蔑地说。

“有东西袭击了食品储藏室，”安德说，“女王寝殿的高台上延伸出五条坡道，五条坡道分别通向五个轨道站点的大门。但是唯一一个有活蛞蝓的地方是我们刚才进去的那个生态区里。不过这并不代表系统不向五个轨道站传送蛞蝓。很可能蟹鼠已经在轨道开始的地方把五分之四的食物供给都给吃了。”

“你凭什么肯定蛞蝓是从生态区里来的呢？”卡洛塔说，“虽然那里是蛞蝓养殖的地方，但是这些隧道里并没有飘着蛞蝓的被吃剩下的残骸。”

“我们会搞清楚的，”小队长说，“但现在先把注意力集中到任务上来。”

从卡洛塔的地图上看，他们现在身处的这一层位于船后部岩石和船体交集的地方。

“如果真有观察窗的话，应该是从这一层开始的。”

“最大的避难所，”小队长说，“咱们先在这一层看看吧。”

他们在走廊通道里喷射喷雾，然后开始巡视四周。这里有很多门，都向内通往中心。

“也许我们都错了，指挥室是在中心里面。”卡洛塔说。

“也许吧。”小队长说。

他们在门前做好准备，卡洛塔打开了门。

仿佛船上所有的蟹鼠都一齐扑向了卡洛塔。她被一下子撞到了对面的墙上。小队长和安德两个人像疯了一样地喷射喷雾，但是蟹鼠只麻木了几秒，然后两只蟹鼠就用爪子扒上了卡洛塔的面罩。如果它们知道人体学的话，会直接弄断她的颈动脉。不过它们没有那么做，而是抓向了她下巴柔软的地方。卡洛塔顿觉一阵剧痛。

她想要爬着逃走，但是有东西抓住了她的腿，不放她走。

小队长。是小队长抓住了她。所有冲出内室的蟹鼠都一动不动，有的飘浮在空中，有的因为冲出来的惯性反弹到四处。安德还在朝着内室喷射喷雾。没有东西再出来了。

“真是一团糟，”小队长喃喃低语，“可是谁能想到这女孩身上有这么多血？”

他改了《麦克白》里的原文[1]，尝试着分散卡洛塔的注意力，好让她不再害怕和恐惧。她抬起手要摘去头盔，其实她的头盔已经掉了。她还依稀记得是小队长猛地一下把她的头盔拽了下来，划过她的耳朵。因为当时她的下巴像被锤子砸碎了一样的疼，所以耳朵那点儿疼根本感觉不到了。

几分钟后，小队长给她的伤口贴上了凝血贴，里面的麻醉剂起效了。

“舌头还能动吗？”小队长说，“还能说话吗？”

卡洛塔试了试。麻醉药虽然让她的舌头有些麻木了，不过还能动。

“能说话。”她说。

“有点儿含糊不清，不过还行。你还能接电线，对吧？”

---

①《麦克白》中的原文为“可是谁能想到这老头儿身上有那么多血？”

“天杀的蟹鼠混蛋。”卡洛塔说。或者想表达出来这样的意思。

“哈哈，有意思。”小队长说。他明白她的意思了，至少明白了她想表达的意思了。

“我们放弃任务？”她问。

“你脑子秀逗了？”小队长问，“看来药物还真马上在你身上起效了。不过你那个傻兄弟在哪儿呢？”

她刚想说近在眼前，但一想现在不是逗他的时候，他正给她处理伤口呢。

安德已经回来了：“她怎么样了？”

“只是下巴皮肉受伤了。没有伤到喉咙，药物作用下几个小时后就能痊愈了。”

“不知道这些镇静剂能管用多长时间。”安德说。

“你刚才去哪儿了？”小队长说。

卡洛塔这才想起安德进入那间屋子了，就是刚才那群蟹鼠冲出来的那间屋子。

“那是一间育婴室。它们刚才是在保护自己的幼崽。”

“有女王吗？”小队长问。

“它们更像海豹而不是虫族——母亲和幼崽簇拥在一起。屋子很大。”

“你说这屋子是用来干什么的？”卡洛塔问。但是听起来却像是“呦……唉……按……嗯……呃？”好在她天才的兄弟们知道她想说什么。

“我觉得应该是控制中心，”安德说，“所有的电缆都经由这里。到处都是通风管道，管道上布满电缆和电线，还有很多检修门。”

“有鼠蟹进入检修门的痕迹吗？”小队长说。

“所有的检修门都是关闭的，”安德说，“我把打开的门关上了。蟹鼠没聪明到会开检修门。”

“也许它们被培育出来时就被训练禁止开门。”小队长说。

“可它们显然知道聚在我们所在的门口周围。”安德说。

“那是听见有人来了。”卡洛塔说。

“可能是吧，”小队长也同意，“要攻击幼崽和它们的母亲，那还不得干掉我们。”

“可以肯定的是飞船的驾驶员不在这里。”安德说。

“那就是说这里不是驾驶室了？”小队长问。

安德都懒得回答他。

卡洛塔心想：难道是蟹鼠无意间碰到了控制装置，把飞船带入同步轨道的吗？

不过她转念又想：会不会是某个仪器上有自动例行程序，触动了某个控制程序导致的结果？这样说来的话，会不会船上压根就没有驾驶员，只有一个自动绕轨的程序？

没有计算机。虫族女王没有计算机。船上的一切包括生物、机械和电力，唯独没有电子科技。当虫族女王想要进行某种自动化的工作时，就会创造一种生物，用它们来完成。

卡洛塔的头脑很清醒，不再慌乱和震惊。已经十五分钟过去了。她能感觉到皮肤和舌头已经正在痊愈中。于是她想要拿起头盔。

小队长伸手去制止她，随即问道："你确定吗？"

"嗯。"她说。她戴上了头盔，头盔立即向她发送身体恢复进度。

"干得好，小队长，行动迅速有效率，"巨人说，"安德，你是优秀的侦察兵。卡洛塔，你有钢铁一样的意志，坚韧而刚强。"

"我希望是这样。"她说。

"趁它们没苏醒，咱们赶快离开这里吧，"小队长说，"我觉得这一层肯定有一个或者几个驾驶室。如果所有的控制线路都经由中心，就肯定得有头有尾。很可能是在这一层上。"

但可惜不是。驾驶室在船尾的下一层，他们走了一个多小时才发现。他们也终于知道了镇静混合剂的药力会持续一个小时以上，因为鼠蟹还没有醒过来。在他们看来，喷雾弄不好是致命的，它们也许永远也醒不过来了。

卡洛塔看到一扇门，她一看就知道那是驾驶室的门。门就在他们的脚下，而且异常高大宽阔。门上还有一个窗户，有亮光从窗户另一侧透过来。光线很强，是日光。他们正在飞船的一侧，面对着太阳。

"这个不是观察窗，"她说，"观察窗必须得挡住阳光照射才行，而在这里，光线并没有被挡住。不过前面应该会有个房间。"

在飞船上行进需要颇费一些工夫。他们所到之处都喷射喷雾，因为这里有尸体残骸——不过数量比刚才少多了。卡洛塔突然想到了什么，立刻叫大家停下来。“这镇静喷雾也会对驾驶员起效——它们虽然不是虫族，但是在生物学上肯定与虫族有关。我们得等喷雾消散了再开门。”

“空气流通很慢。”安德说。

“其实让它们稍微吸入一点儿镇静剂会更好一些。”小队长说。

“不是大剂量喷雾，只是从走廊里渗入一些进去。”

“它们会不高兴的。”卡洛塔说。

“要是它们睡着了，也就不会介意了。”小队长说。

“给我们个机会看看它们，而不让它们看见我们。”安德说。

“而且也不会给它们机会把飞船开离轨道，不然还得叫巨人追踪我们。”小队长说。

卡洛塔接受了他们两个的意见，做出让步，虽然她还是不喜欢这个主意。他们打开了下一道门，在距离飞船五分之一的地方，太阳没有直射进来。这恰好是个驾驶室，有几个蚂蚁形状的位子和控制台。许多没有标记的仪表盘和显示器汇成了一些小小的灯光。观察窗前有一个座位，观察员可以坐在那里。

但是房间里没有任何生物。连一具尸体也没有。

“正好验证了我们的观点，”小队长说，“现在清楚了，驾驶室有好几个，围绕船身对称设立的，并没有隐藏在中心里。”

“并且我们知道了虫族想要观察，而不只是获取虫族女王的数据。”安德说。

“或许这里就是获取女王数据的地方。”卡洛塔说。

“很有可能。”小队长说。“所有驾驶室里都有观察员，但实际驾驶只在其中一个驾驶室里。”

“那咱们就找出那个驾驶室吧。”她说。

小队长似乎并没有听进去她说的，而是率先发出了命令。他带路回到了走廊。这回不需要喷雾了——他们刚才喷射的喷雾还萦绕在走廊里，弥漫在整个飞船。只不过喷雾的浓度更小，起效没有那么快——蟹鼠的四肢和下颌还在动。不过小队长和安德没有再使用喷雾。这些蟹鼠不会再试图攻击了，它们想保持清醒，但还是抵不过镇静剂的作用。

第三个驾驶室很黑，是阴面的。卡洛塔用她头盔上的灯照亮。窗台附近高高低低的金属反射出亮光。这扇门在最近几年被反复开启过。

他们做好防御准备。卡洛塔站在离门开口处较远的地方——吃一堑长一智——然后拉动了操纵杆。门滑开了。

没有东西出来。里面没有一丝声响。

小队长低下身子进入房间里，然后朝着有观察窗的那面墙飘移，用头盔上的灯照亮房间，一边扫视一边侦察。

“没有动静，”他轻声说，“但是有热源。”

卡洛塔进入房间。

安德在门口犹豫了一下。

“需要在门外看守吗？”他说。

“进来，然后关上门，”小队长说，“我找到驾驶员了。”

卡洛塔来到有窗户的那道墙，跟在小队长后面。小队长轻轻走向了驾驶室的控制台。

几个小小的彩虹色身躯正紧贴着控制面板。它们身型比卡洛塔小，大约只有她的一半高，但是比蟹鼠大一些。它们有翅膀——也是彩虹色的。没有爪子。事实上，它们身体两侧的前肢似乎是融为一体的，只有到了末端附近才分开。这种“Y”型的前足可以握住操纵杆和控制器。下颌跟工虫一样，也可以抓取东西。

它们眼睛位置跟正常的不一样，是在头顶上，不长在像根茎一样突出的位置，但也不是嵌在脑壳上。这些眼睛随着三个人的靠近而移动追踪。

“它们是什么？”卡洛塔轻声问，“虫族女王孕育出特别的生物作驾驶员吗？”

“我觉得不是，”安德小声说，“看看它们身材多扁平瘦小。而且看起来很羸弱。后腿还有钩子。眼睛长在脑袋顶上。它们不是为了作为驾驶员被创造出来的。”

“那是为了什么？”小队长问。

“它们不是被创造出来的，”安德说，“是进化演变来的。”

“你怎么知道的？”

“因为它们生来就是贴附在什么东西上的。那些后腿的钩子——

不是走路用的。那些翅膀看起来是干活时用的。它们会飞——所以才这么瘦小。”

“可是头很大。”卡洛塔说。

“聪明？”小队长问。

“是有些小聪明，”安德说，“聪明到可以把飞船开到同步轨道里。”

“聪明到能听懂我们在说什么吗？”小队长问。

“如果它们有耳朵的话，也许会，”安德说，“但是虫族没有听觉的器官，只能感应到振动。它们知道我们在发出声音，但不知道为什么。”

“虫族吗？”小队长问，“这些家伙是虫族吗？”

“绝对是。”安德说。

“可为什么女王都死了，它们没死呢？”卡洛塔问。

“很好的问题，”安德说，“也许它们和工虫不是一个类型。就是说当女王死去时，它们还可以继续活着，好跟随下一任女王。”

“跟随？”卡洛塔问，“是寄生虫吗？”

“很有用的寄生虫，”安德说，“我认为它们都是雄虫。它们一生都依附于虫族女王。所以她可以随时根据需要利用它们的基因。”

“可是女王体型那么大。”卡洛塔说。

“雌雄异型。”小队长说。

“等等，”安德说，“我觉得我们靠近的距离已经接近它们的承受极限。那个家伙就快要逃跑了。”

卡洛塔也看见了。它的翅膀正在张开，眼睛直直地竖了起来。

"有没有可能跟它们交流一下？"她问道。

"但愿我们的交流在它们看来没有威胁，"安德说，"别用手指着它们。把枪放下。"

"不行。"小队长说。

"也对，"安德说，"那你们两个稍稍后退一些，可以吗？让我一个人赤手空拳走过去。"

卡洛塔立刻按他说的做。过了一会儿，小队长也同意照做了。安德把他的枪缓缓送到小队长那里。他摘掉了头盔，递给卡洛塔。然后翻了个身，仰面朝天。

卡洛塔明白这是为了装成头顶上有眼睛，像雄虫的眼睛一样。她一把接住了安德的头盔拿在手里。

安德两只胳膊垂在身体两侧，飘向控制面板，雄虫正在那里等着。卡洛塔知道他在把两只胳膊当成翅膀，让它们看到翅膀是收起的。他在模仿雄虫的姿势。虫族是以这样的方式表示顺服的吗？它们是在向我们表示顺服吗？安德表达出的意思是顺服吗？

随着安德越来越靠近，雄虫开始有动静了。它们身型太小，却始终钩在不同的控制器上——控制器显然不是为它们的使用而设计的，卡洛塔现在看到了——五只雄虫中的三只正伸出手摸向安德的头。

她听到小队长突然倒吸了一口气。

"让他去吧，"头盔里传来巨人轻柔的声音，"这是个机会，他肯定不希望错过。”

看着雄虫们伸手去碰他的头，似乎想让他停住，卡洛塔忍不住要出手了，却很快惊讶于安德的镇定。雄虫Y型的爪子，以及它们的嘴靠近了安德的脸。卡洛塔下巴上的伤口还隐隐作痛，令她不禁想到一只虫子靠近你的脸是多么的危险。

三只抓着安德的雄虫低下嘴贴向安德的头。另外两只似乎是站在原地看着。

它们用前爪的尖端压住安德的头。

安德低声呻吟，几乎哭了出来。

小队长开始要向前冲锋了。

“退后。”巨人说。

卡洛塔抓住了小队长，把他拉回去，再次用靴子上的磁铁吸在地面上。

安德一次又一次地呻吟，叹息。然后突然发出了急促的低语声。

“不要伤害它们，”他说，“它们正给我看。”

“给你看什么？”卡洛塔问，她尽力压低声音，不流露出心里的恐惧。谁知道雄虫用声音让他们听到什么样的感觉呢？

“所有的事，”安德说，“虫族女王死后，它们是怎么活下来的。”

SHADOWS IN FLIGHT

CHAPTER 09

Orson Scott Card

CHAPTER

09

雄虫和工虫

安德从没有像现在一样感觉自己的大脑完全不受自己的控制。即使在噩梦中，事情不像你想象的那样发展，但那些画面还是来自于你的潜意识。最起码你还知道自己看到了什么。

但是当雄虫触碰他的头以后，脑海中的画面变得混乱而陌生。半数时间他都不知道自己看到的是什么。

慢一点儿！他感觉到自己的意识在对它们呐喊。可它们并没有任何反应。各种景象在他眼前一扫而过。虫族女王还活着。小小的雄虫在她身边飞舞，然后落在她的身上。有几只被女王打跑，其他几只被她留了下来，把它们放在能依附的地方。画面中，女王正亲手把蛞蝓放进雄虫的嘴里。

但是安德感受到的是，那些蛞蝓正被送进他自己的嘴里。他闻到了蛞蝓的气味，看着它们在蠕动，看起来很美味的样子。他的嘴口水直流，饥饿难忍。

等到一切感觉有些适应时，画面却突然变了。难道是它们知道他明白了，所以继续下一个场景了吗？如果它们能知道他已经了解了，为什么听不到他的恳求，放慢速度呢？

因为你在用语言描述，傻瓜。

安德试着展示某个人行动很慢的画面，但是抵不过雄虫给他看的一个个场景。于是，他绝望地放弃了沟通的意图，任由自己随着它们的节奏。他感到无精打采，眼皮沉重，疲惫不堪。

突然，他感觉到了一股强烈的情绪，如果他真是在打瞌睡的话，一定会被惊醒的。这种情绪不是愤怒，而是警觉。它们想要让他感受到这种感觉。

它们完全控制了双方感应上的交流。

他尝试了另一种方式。他抓取了它们传输给他的一个画面——这次是那些在走廊里弹来跳去的蟹鼠——他尝试在脑海中把画面定住。一动不动。然后等待着。

它们马上又一次地传送给了他一张相同的画面。安德再一次尝试把它定格。

它们终于明白安德的意思了。另一个画面出现，这次不再是纯粹的记忆，也不是进行中的画面，更像是定格的一瞬间。

安德晓得了它们并不是没有语言。它们可以直言不讳，也可以激动地表达出情绪，可以放慢速度，也可以条理清楚地讲话。这些画面不是胡乱随机出现的。进入他脑海里的不是个信息存储器。它们传送画面，同时也是在表达欲望，作出反应。当它们注意到他脑子在想什么的时候，它们也会对此给出反馈。

在他看来，双方交流包含了一个新的语言规则，就好像是在用另一种语言讲话。现在好了，它们慢下来的话，他就可以听懂了。

现在他看到了虫族女王，高大而华丽；他能感觉到它们对女王的热爱和忠诚，还有渴望。它们想要靠近她。

女王身边围满了雄虫。要是安德刚才没有看到女王的话，肯定会把雄虫的后背当成了女王的腹部。它们把女王完全覆盖住了。

突然他感觉自己变成了其中一只雄虫。画面中，女王再次给他喂食，但是这次当女王把蛞蝓递到他嘴边时，她突然松开了手，蛞蝓掉落下去，够不着了。

整个世界开始摇晃，那是因为女王在晃动。接着，她倒了下去，半蜷缩在自己的地盘上。即使瘫倒，她也努力不让自己的身躯砸到雄虫。她在保护它们，到临死之时也始终爱着它们。

接着，安德感觉到像是灵魂出窍一样。他一下子明白了，当他作为一只雄虫时所感受到的温暖和光亮是来自于女王的意识。而现在女王的意识消失了。

雄虫一个个地离开了。作为其中一只“雄虫”，安德明白它们是想再找一只新女王。她并没有吃了它们，说明它们的角色很重要，死去的女王让它们帮助新女王入主巢穴，繁衍后代。

它们起身飞向空中。在它们周围是不断向前推进的蛞蝓，而养殖蛞蝓的蟹鼠都在沿着斜坡爬上来。

除此之外，他脑海中还有另一番景象。那就是工虫，它们正变得软弱无力，踉踉跄跄。与女王不同，它们并没有倒在地上，而是飘浮起来，随着虫族女王寝殿内的气流忽上忽下。

即将死去的工虫画面是静止的，画面一个接着一个——安德也从贴在女王身上的雄虫，变成了飞在空中的一只雄虫。

没有了女王。只有工虫，而现在它们也都要死了，全部都要死了。

雄虫在空中盘旋，探察。安德知道它们都在互相传递图像。那些图像杂乱模糊，几乎难以看懂。不过它们很擅于整理和分辨这些画面。

现在安德明白了他以前感觉到的那种混乱，那是因为每个雄虫都把自己看到的图像信息和记忆同时放进了安德的脑子里。他没有强大的感知能力把这些都转化成自己的理解方式。所以，当它们把图像放慢时，安德立刻意识到它们原来是指定了其中一只雄虫作为它们的代言。这一只雄虫正把画面传送到他的脑海里。就在那个辛苦找寻新女王的画面之后，每只雄虫都把自己看到的图像传送给其他的雄虫，然后再由它给安德传输信息。

安德再次试着把图像定格，但是雄虫没有停下来，继续传输画面。他感到一种失落和空虚。并不只是因为女王的去世。雄虫传送给他的画面包括飞船里的每个部分，许多地方都是安德在这次飞行中见过的。但是每个画面结束得都很突然，他瞬间有一种失明的感觉。

他明白了它们在这些图像语言中要表达的意思。虫族女王与工虫相互联系，雄虫也能跟它们共享。女王的意识与它们联系得最为紧密，而且女王把一切都传递给它们。

雄虫们对飞船的一切都一清二楚。它们随时被派去查看飞船的各个区域和部分。当女王死去，它们本来可以继续和工虫进行联系。可惜，工虫也随女王死去。雄虫们只能相互之间传递图像，由于它们都在同样的房间，所以看到的都是同样的东西：死去的女王，把蛞蝓送上斜坡的蟹鼠，还有死去的工虫。

它们冲向大门。但是用四肢根本一个门也打不开。可它们脑海中都有女王的记忆，它们看到了一个工虫如何开门。因此雄虫们十分清楚操纵杆在哪里，而且知道这么操作它。只不过对它们来说有些困难。雄虫的爪子两次从操纵杆上滑下来——在安德看来，就好像是噩梦一样，因为他感觉到自己的手正从操纵杆上滑落。

但最终门还是被打开了。它们飞了出来。其中一个关上了门。安德此刻就是那只关门的雄虫；不过随后，他又变成了另一只。

它们全部飞向同一个地方：驾驶室。安德知道那个地方对雄虫来说有什么意义。雄虫们能通过坐在驾驶室里的工虫的眼睛看到女王如何操作，如何做出判断和选择。怎样指挥飞船，怎样维护飞船，雄虫原来都能够看到。

安德忽然间恍然大悟，吓得他打了个冷战。原来每只雄虫都有自己独立的意识，虽然与女王有紧密的联系，但它们的思维意识却独立于女王。而且，那只在驾驶室的工虫也同样有自己的思维和意志。确实是它在驾驶着飞船。虫族女王只是给它下达命令——通过将她的意志用图像发送给它——但工虫却是自己在进行操作。它知道该做什么。雄虫并没有控制它；它们就在它的脑海里，观察着，偶尔给出一些提示，但实际上是那只工虫在自己操作。

原来工虫并不是女王思维的延伸，只不过是女王意志力太过强大压制住了工虫的思维。它们无从选择，只能服从。而当虫族女王没有直接盯着驾驶飞船的工虫时，就会有一只或者几只雄虫在监视着。

为什么要这样做呢？是因为虫族女王想让它们这样做。

那为什么她要让它们这样做呢？难道是女王害怕如果它们不这么做的话会发生什么事情吗？

安德没有办法找出答案，他只能猜测。如果工虫有自己的思维意识，那么也许就会出现某种可能性，那就是会有某个或者某些工虫反抗女王强加给它们的意志。由此也许就会出现有自由意志的工虫。

想到自由的工虫，安德突然意识到那些完全顺从虫族女王的工虫，其实就是奴隶。虽然它们是女王的女儿，但女王阻止它们拥有自己的意志和思维。

虽然是工虫在驾驶飞船，但它并不懂得天体物理学或者数学。

它只理解虫族女王的计划和命令。而且运用自己的思维、技能、习惯和经验来执行计划和指令。

我们完全错了，安德心想。我们以为虫族女王是整个移民队伍的主宰和灵魂，但实际上并不是如此。虫族有自己的意志，就像人类一样，但是女王有能力强制它们屈从。当女王没有在监管它们的时候，就由雄虫来代替她做监工。

雄虫也是一样，它们有独立的意识，比工虫的意志力更为强大。它们有强烈的心灵上的感应和联系，甚至连女王也没有这么强大的能力。

安德是怎么知道的呢？因为雄虫知道，而且引以为豪。因为当它们看到安德想这些事情的时候，它们能够理解并且做出反应。

所以安德不用在脑海里向它们呐喊，他现在不需要语言也能理解意思，或者只有只言片语也可以；图像，一个个画面在他脑海中掠过，记在心里。他不禁想，我们就是这样思考的吗？在意识深处，心灵比语言更加古老——和虫族女王的心灵感应一样——人类也有。语言只是表面的，通常大声说出的只是人类心中其他的一些杂念。

当人思考的时候，想的东西会变成语言。是语言在对我说话。但是语言是外在的，我能控制语言，可语言反过来也在控制我。就像雄虫意识中的虫族女王一样，语言变成了背景的噪音，呼吸的空气和重力。仅此而已。

然后就消失了。

语言在人类意识中的作用，就像虫族女王在虫族族群意识中的作用一样。它塑造和影响着它们，但它们并不知道自己是如何被塑造和影响的。当女王把自己的意愿强加到工虫的意识中，工虫觉得那好像就是自己的意愿。如同语言的上千个声音塑造了安德的思维和思想，但安德也不知道自己是如何被语言塑造的。只有当语言无法表达陷入沉默，然后再找到适合的语言表达时，他才能知道语言的作用。

不过虫族女王对她的工虫女儿们的控制并没有什么精妙的手段。只是压倒性的控制和强制。它们都被彻底征服和奴役。甚至是当雄虫出现在它们的意识中时，也是在监视它们，完全地控制它们。从某种程度来说，这是因为工虫的全部注意力都在眼前的工作上，所以雄虫在它们的意识中有一种强烈的存在感。

当工虫死去后，就只剩下了雄虫。它们失去了女王。与工虫不同的是，它们经历过女王的存在，没有窒息的压迫感，在它们的意识中，女王就像是生命中的光，是天使般的守护者。她爱它们，它们不会一下子就忘掉。但除了失去女王，雄虫们也失去了工虫，再也无法通过它们看到整个飞船。

这就是为什么它们要去驾驶室。那里是一切工作的重中之重。它们再也无法看到正在发生的情况。可它们必须得看到，由于没有了女王，也没有新女王可以依靠，它们无法恢复视觉上的联系，只能亲自前往驾驶室。

它们到了那里——这里，安德看到了——它们把工虫的尸体从座位上拉下来，任随它们飘浮起来。雄虫记得工虫曾经做过的所有的工作，它们在工虫的意识中时亲眼见到过。现在它们来负责执行那些任务。检查设备，通过观察窗查看飞船外面的情况。

它们一直观察着，监视着飞船。毕竟工作得有人来做。没有女王繁育工虫，它们并不知道这样做还有什么意义，只是尽自己所能，做着该做的事。

起初，它们甚至还试着维修飞船，但很快就放弃了。因为被指派做清理工作的蟹鼠疯了。它们的工作是吃掉走廊里死掉的和残余的东西。可当女王和工虫死了之后，船上有大量的工虫尸体可以享用。这本就是它们的工作。雄虫甚至让它们进入驾驶室蚕食和清理工虫的尸体。

由于食物过剩，蟹鼠的数量大增。当所有能找到的虫族尸体都被吃光以后，就只剩下了蟹鼠自己。

它们的基因中有固定的天职，那就是饲养和清理。它们被训练只能在生态区进行清理——或者实际上说是在门外，它们是这么想的。等到最后一只工虫的尸体都被吃掉以后，它们才发现自己种族的数量扩张实在太快了。没有吃的，它们快饿死了。

虫族女王绝不会让这样的事情发生——她的意志力很强，一旦发现蟹鼠出现这样的情况，一定会杀死多余的蟹鼠。

可是雄虫做不到，虽然它们能毫不费力地进入蟹鼠的意识，但却没有女王的杀伤力。而且蟹鼠太愚蠢，雄虫根本无法控制它们。

因为它们连一个命令也接收不到，更记不住。

于是蟹鼠就变疯了。更确切地说是一部分蟹鼠疯了。不过经过几代之后，剩下的就都成了疯狂的蟹鼠，并且它们还在飞船的走廊上肆意繁殖起来。

雄虫及时发现了情况，于是把虫族女王寝殿以及它们自己的驾驶室封闭了。它们也封闭了通向“外面”或进入生态区的通道。

这样就把蟹鼠彻底逼疯了。雄虫不仅切断了工虫尸体的供给，而且还阻断了进入蛞蝓所在地的通道。蟹鼠于是彻底疯了，互相残食，吃自己的配偶，吃自己的孩子。

它们在发狂暴怒中闯进了五个小车轨道中的四个。现在蟹鼠在生态区里面，收集蛞蝓，把蛞蝓放进轨道车，其实是在喂养那些疯狂的蟹鼠。只有一个轨道车继续毫无意义地把蛞蝓运送到女王的巢穴。蟹鼠留下这个轨道车唯一的原因就是其他四个车里的蛞蝓已经足够它们吃的了。它们小脑袋瓜想不到要再寻找别的食物来源。

安德收到的所有这些图像信息和感受都被传送到了他的意识里。他经常得费尽一番努力才能弄懂他在看什么。但是他从没有失去过与雄虫的交流，还有想弄清它们目的的强烈愿望，因为它们通过其中一只雄虫在跟他“说话”。

它们知道他是谁。更确切地说，知道他是什么样的人类。几个世纪前，人类舰队对虫族的家园进行了大清洗，虫族灭绝，当虫族女王得知所有的其他女王都已经死去时，那种悲痛和哀伤，雄虫至今还记忆犹新。安德不知道这些雄虫当时就在场，还是它们只是感受到了虫族女王记忆中的悲伤。也许雄虫自己也不知道。

重要的是雄虫好像迫切地想要些什么，想要从进入它们飞船的人类那里得到些什么。

渐渐地，他终于明白它们想要什么了。那就是给它们一个新的虫族女王。

什么虫族女王？他通过想着一个女王来提出问题，然后表现出强烈的疑问的情绪。可惜不管用——始终还是传送给他同样的信息。女王在哪儿？

他试着想想别的。他给它们看他兄弟姐妹和他自己的图像，告诉雄虫他们也在寻找虫族女王。他用自己的视角带着它们寻遍整个希罗多德号，什么也没有发现。他希望它们能明白：我们这里没有虫族女王。

作为回复，一个图像进入了安德的脑海，一个非常清晰的画面。一个年轻人在一个行星上，光天化日之下，带着一个虫茧，就像安德取样袋里的虫茧一样。

"它们想要虫茧，"安德说，"把我们拿走的那个虫茧拿来，然后还给它们。"

雄虫们放他走了，他的意识又回来了。不，他的意识一直都在，只是他完全失去了对自己意识的控制，直到雄虫放他走，他才重新得以控制。他觉得自己空虚而又渺小。以前他从来没有觉得自己是个孩子，因为他的生活里只有跟他一样大小的孩子，还有无聊又令人厌烦的巨人。现在安德感受到被困在自己的思维意识里是多么的孤独，除了专横跋扈的语言，他其实一无所有。

安德睁开眼睛，转过头看着卡洛塔打开样品箱，拿出虫茧。

雄虫立刻朝虫茧蜂拥而去，叼着它飞向房间的一个角落，一齐涌上去，但有些不同寻常。他们互相碰撞——使劲相撞，如果是人的话肯定得受伤。不停地撞击，撞击着。

这时，他突然明白了：它们是在伤心，并且非常难过。

虫茧继续飘移。安德走近它，一把抓住，放回到样本箱里。

箱子关上，一只雄虫飞回到他身前，速度太快，安德以为是要攻击他。他一眼瞥见始终保持警惕的小队长正拿着喷雾瞄准雄虫，不过没等安德开口阻止，卡洛塔就伸出手拦住了小队长。

那只雄虫落在他身上，并且抓住了他。又是一波图像像洪水一样涌进安德的脑海，但是思路却很清晰。这次雄虫传递给他的情绪是失落和渴望，但没有愤怒。其他雄虫也没有愤怒，而且让他了解到了更多的信息。

安德给它们的虫茧是空的。幼虫已经死了。跟女王巢穴里的那些虫茧一样——都随着女王死去了。

但是它们知道还有一个活着的女王，从来没跟这艘飞船联系过。它们现在非常需要她。她在一个人类的手上，而且它们甚至给安德看了一下这个人的长相，只不过安德不知道他是谁。

它们给他展示了生态区的内部，所有的植物，还有所有的小动物。树木、昆虫、绿草、鲜花、根茎，小的攀缘植物、爬行动物等等，所有圆筒内部的情况。

它们也让安德看到工虫把植物和动物装载到一个巨大的昆虫登陆艇上，然后发射出去，穿过大气层落在行星表面，然后它们在那里打开登陆艇，工虫卸载出登陆艇里的动植物、种植植物，将所有的本地动植物群化成原生的浆液，就像虫族女王巢穴里的那些腥臭的黏液一样。

它们在地球上对中国进行大清洗的时候就是这么做的。把当地的生物转化成富有营养的浆液，然后开始让对虫族有用的动物和植物在那里生长。

但画面中工虫都消失了，安德立刻明白，雄虫尖锐地指出工虫已经都死了。

接下来是另一个画面，虫族的登陆艇打开。出来的不是工虫，而是一只雄虫。但是没有在飞，而是在地面上爬。由于受到行星上重力的挤压，它快死了。

它们需要一个虫族女王。因为它们无法在行星的表面存活，只能依附在女王的身上。

它们再次给他看一个带着虫茧的年轻男子，不过这次，安德看到虫茧正在开启，灿烂的阳光下，是一个充满生机和活力的星球。虫茧打开，一只虫族女王走了出来。

安德脑海里摒去了那个画面。我手里没有包裹着虫族女王的虫茧可以给你。他试着给它们看小队长、卡洛塔还有他自己卸载生物、种植植物的画面。但是那只正在触碰安德的雄虫拒绝这幅画面，把它清除了。取而代之的是数百只工虫成群结队地穿行在行星的表面，在土地上劳作，搬运货物，搭盖建筑——然后它把画面中的工虫清除了。

由于某种原因，它们并不接受由人类在行星上打理和种植它们的动植物的想法。

不，不，安德没有抓住重点，他还是在以人类的角度思考。它们在告诉他如果没有女王在这个星球上繁衍后代的话，一切对它们来说都没有意义。

安德越来越适应了这种图像式的语言。现在他可以用虫族女王死后工虫将死时的画面作为对它们的回复。为什么？他十分迫切地把问题推向它们。为什么工虫都死了？

它们的回答就是女王死去的画面。

为什么女王死了会导致工虫的死亡呢？

安德不清楚它们是不是真能理解。它们只是一遍又一遍给他看女王死去的图像。

于是安德试着用并列法。他想起女王的死，然后是将死的工虫，然后把它们跟雄虫进行对比。将死的工虫，活着的雄虫，将死的工虫，活着的雄虫，他就这样不断地一遍一遍询问着它们。

画面重复了好几遍，雄虫看到了那些画面，终于明白了他的问题。

接着那只作为信使的雄虫放开了安德，它自己也退到了远处的角落，回到那群等待着的雄虫当中。

“你说了什么？”小队长问，“你把它们赶跑了吗？”

“它们知道这个虫茧已经死了，”安德说，“它们要一个活的。”

“哎呦，天灵灵地灵灵，”卡洛塔说，“它们拿咱们当什么了？巫师吗？”

“它们认为在某个地方有一个活着的虫族女王被包裹在虫茧里。并且在一个人类手里。我看到了那个人——它们知道他长什么样子。每次给我看的都是同一张脸。它们看到了我们的飞船，知道我们是人类，所以它们以为我们会把那个虫茧带来。它们以为我样本箱里的虫茧就是。”

“很遗憾，让它们失望了，”小队长说，“为什么它们认为还有一个活着的虫族女王？”

两个戴着头盔的人忽然安静了下来，侧耳听着什么。

“巨人好像在笑。”卡洛塔说。

“把头盔戴上，”小队长对安德说，“你肯定想听听这个消息。”

“戴上头盔就表示我已经和它们说完了，但其实我还没有。”安德说，小队长只是叹了口气。卡洛塔却走近安德，坐在他身边。他能听出巨人变得虚弱了。

“是死者代言人，”巨人说，“死者代言人有那个虫茧。活着的女王就在那里面。这就是为什么他能采访到她，从而写出了那本书。”

原来虫族女王的故事竟然都是事实。而那些虫族也都知道，因为所有的虫族女王都一直在彼此联系。

但雄虫不是。安德想起虫族女王死去的那一刻，雄虫只能彼此之间进行联系。它们的心灵感应能力比那些工虫要强得多，但是还比不上虫族女王在心灵控制上的投射能力，无法在远距离进行联系。雄虫只能近距离感应。

雄虫信使回来了，落在他的头上。

这次的信息与以往不同了。安德看到了上个世纪雄虫的生活。那时有二十只雄虫，而现在只剩下五只。

安德看到了每一只雄虫的死亡。就像失去知觉一样。它们打开门，大多数雄虫都击退了攻向它们的蟹鼠，有几只从蟹鼠身旁飞过，用计战胜了蟹鼠。它们前往生态区，进入了一个只有它们才知道的入口。疯狂的蟹鼠无法进入。

在生态区里，它们尽可能地收集蛞蝓，然后带着贴在身上的蛞蝓慢慢飞回去。

当靠近驾驶室时，它们把一两只蛞蝓从身上拿开，扔向挤在驾驶室门口的蟹鼠群附近。蟹鼠立刻疯了一样地奔向蛞蝓。当蟹鼠注意力转移的时候，雄虫再次打开门，带着剩余的蛞蝓飞进驾驶室。

只是时不时会有蟹鼠注意到雄虫，于是突然跳起抓住它们。几个世纪以来，一只又一只的雄虫被杀死。而且由于剩下的雄虫越来越少，抵抗门外的蟹鼠也就越来越艰难，也越来越危险。

它们封锁了进入生态区的通道，不再飞进那里。它们只把门开一条缝，然后立刻关上。然后把蹿进来的蟹鼠奋力杀死，剥了皮吃掉。

但是它们的肉太恶心太难吃了。更糟的是，在与蟹鼠的搏斗中，牺牲了更多的雄虫同伴。它们已经好久没敢做这样的事了。它们停止了进食。两只雄虫因饥饿而死。其他的同伴吃了它们的尸体——这并没有什么稀奇，在虫族的世界里，如果女王觉得雄虫没有什么用了，也会把它们吃掉，然后产卵孵化成雄虫，填补那些被吃掉的雄虫的位置。总之，雄虫是很美味的。

这五只雄虫就是这样活到现在的。

安德伸手从样本箱里拿出了收集的两只蛞蝓。那两只蛞蝓到现在还活蹦乱跳的。安德对雄虫吃蛞蝓的画面还记忆犹新，现在竟然也觉得蛞蝓好吃了，当然，那些蠕动的家伙身体里的蛋白质，人类其实连一半都消化不了。

那只一直在跟安德对话的雄虫一直等到最后，让其他几只雄虫先吃。雄虫太小了，安德看出来一只蛞蝓就足够它们吃饱的了。

它们把两只蛞蝓最好吃的部分留给了跟安德说话的那只雄虫。它最后一个吃的，也是吃得最好的。

等它们吃完了，安德开始总结他所了解到的信息。

“看来这顿饭救了它们的命。”安德说。

“对蛞蝓来说就有些残忍了。”小队长说。

“要是加点儿肉桂的话，它们会觉得更好吃。”卡洛塔说。

安德没有理会他们俩的玩笑。虫族没有幽默感，他现在已经十分能体会到虫族的感觉了。

“如果没有虫族女王的话，它们觉得在这个行星上种植和养殖动植物完全没有意义。而我们也没有什么可以给它们的。”

“至少我们给了它们点儿吃的，”小队长说，“还麻醉了那些狂暴的蟹鼠。事实上，如果雄虫提出来，我们甚至可以帮它们杀死那些蟹鼠。然后这艘飞船就是它们的了。真的，如果它们想杀死蟹鼠的话，我们可以把它们麻醉，然后一气儿把它们都炸了。这样雄虫不就安全了么？”

“我会问问它们的，”安德说，“但这并不能改变它们毫无意义的生活。”

“也改变不了我们毫无意义的生活。”小队长说。

SHADOWS IN FLIGHT

CHAPTER 10

Orson Scott Card

CHAPTER 10
巨人迁移

他们几个人在方舟里时，豆子唯一能做的就是保持沉默。他在战场上指挥过无数战役，所向披靡，但是要做一个沉默的旁观者，这种煎熬和痛苦简直快要杀死他了。问题是几乎所有他想的和要做的事情，辛辛纳图斯或者其他孩子都想到或者做到了。

头盔把他们的数据传输到希罗多德号上的一台计算机上，并且把他们的行动轨迹在豆子的个人计算机上建构了一个三维的模型。但是图形却一直不完整——头盔没有照到的地方就是一片空白。不过根据他们的行动路线，还是能开始架构出方舟的地形图，对外星飞船的情况了解大有帮助。

当繁育室里的蟹鼠朝着孩子们蜂拥而上的时候，他看到两只蟹鼠扒上了卡洛塔的护目面罩，豆子差点儿吓死了。他的心脏剧烈地在胸膛跳动了几下，然后变得死一般地沉静。警报声响了几下。豆子甚至感觉到从左肩膀一直延伸到左臂的一阵剧烈的刺痛，那是死亡临近的前兆。

好在药物被自动注射进他的静脉血管，他的心跳速率又恢复了正常。

讽刺的是，如果他死了，也是被蟹鼠“杀”死的——他就是忍不住不去看自己的孩子。

他担心孩子们，同时也为他们感到骄傲。他们已经六岁了，六年中的五年里，除了他们彼此还有巨人，谁也没见过，也完全不知道自己看起来有多小。可从他们嘴里说出的话却让他惊讶不已。他们有深刻的分析能力，还有敏捷的思维。怪不得卡洛塔修女当年在鹿特丹的街头救了我，因为我说的话听起来跟他们一样。所以很明显我不属于街头。

这些六岁的孩子们完全不适合待在美国小学的一年级，也不适合留在芬兰等到他们长到七岁上学。卡洛塔早就能通过工程师各个等级的考试了；安德能成为博士，因为他研究的大部分课题都能写成论文发表，如果豆子告诉他写论文的格式的话。辛辛纳图斯能进入任何一所军事学院，成为最顶尖的学员。除了年纪太轻，身材矮小这个短板以外。事实上，没有一个成年人能够比得过他。

然而在第三次虫族战争，也就是最后的决战中，成年人确实是跟在孩子们后面的。豆子就是那些孩子中的一员。他曾经把无数军人送上了黄泉路，这一点与安德不同，他知道自己做了什么。

但是把无数成年军人派上战场送死——当然他们大部分都是自

愿的，了解战争的残酷和无情——和把几个六岁的孩子，而且还是聪明绝顶、才华卓绝的孩子送到最危险的地方完全不是一回事，更何况他们还是一个新种族的希望——这确实太过残忍，而且良心上也备受谴责。

可豆子还是派他们去了，因为他知道他们需要试炼。等豆子死去之后，他们就得完全承担起掌管一艘强大的星际飞船的责任。而且，如果豆子的计划实现的话，他们还将拥有虫族的方舟，和一个新的行星。现在他知道他们已经准备好了。

最让他不寒而栗的是安德向他汇报的关于他和雄虫的谈话。没想到他这么快就掌握了不用语言就能理解对方的能力！让雄虫进入他的意识里展现了他非凡的勇气。不过随后它们告诉他很多信息，很多令人难以置信的事情。工虫真的有独立的思维吗？虫族女王在压制它们吗？

这些事情甚至在安德·维京写的《虫族女王》一书里都没有提到过。所以要么是他的儿子安德理解错了它们的意思，要么就是他的朋友安德·维京被那个包裹在虫茧里从一个星球到另一个星球的虫族女王欺骗了。

安德，你这个可怜的家伙！它们是怎么找到你的？它们是怎么把它们种族最珍贵的东西交到你手里的呢？为什么你要承担这个责任呢？虫族女王改变了大多数人的想法，以至于现在人们都把安德·维京称为“屠异者安德”，而他的丰功伟绩却被理解成无耻的战争罪行。所有这一切安德都欣然承担——不，是自愿承担的——因为他确实觉得虫族的灭亡是他一手造成的，他要为此赎罪。

它们找到了安德·维京，后来安德写下了《虫族女王》一书，但这期间，和安德对话的虫族女王一直都知道这艘虫族飞船的存在。因为当时这艘殖民飞船上的那个女王还没有死。然而，它们却让安德·维京相信了虫族唯一的幸存者就在他的手里。究竟有多少像这样的古老殖民飞船还依然存在？当联合舰队踏上征途前往所有已知的殖民行星时，虫族这些年里派出了多少殖民飞船？豆子现在知道的是，虫族已经有了上百个殖民行星，而且它们一直在等待时机。

有一点可以肯定的是：豆子得亲自跟这些雄虫谈谈。他必须要了解它们知道些什么，因为似乎所有虫族女王知道的事情它们全都知晓。

不过也可能不知道。也许女王只利用它们监视飞船，帮助她控制工虫。女王也许有不少秘密瞒着它们。为什么女王得把所有事都告诉它们呢？她一直跟其他的女王沟通联系，但是这些地位更低一等的虫族，只是她的工具和她的奴隶，为什么要跟它们说实话呢？

这些他都还需要亲自去了解，看看它们知道些什么。并不是他不相信安德的话——毕竟豆子没有亲临现场，亲身经历过心灵上的交流，所以没办法完全搞清安德说的话。

问题是豆子很难亲自过去，除非雄虫过来找他。要它们离开飞船？虫族女王死后，它们是凭着对飞船的责任感才活到了今天，足有一个世纪之久。即使现在，它们活着也是因为怀着一丝希望，希望能找到另一个女王来拯救飞船。它们绝不会离开飞船的——豆子能给它们什么呢？

所以如果他想要找出虫族女王的真相，他就得到它们那里去。

在虫族的飞船上，孩子们答应了雄虫的要求，替它们清除了狂暴的蟹鼠。不过生态区里和虫族女王的巢穴里那些驯服的蟹鼠还都活着。一番大清洗之后，孩子们终于让雄虫的日子不再担惊受怕了。它们可以心满意足地靠蛞蝓生存下去。它们欠了人类——不，是安东尼尼人，豆子人——一个大大的人情。

不知道虫族懂不懂得感恩。不会是雄虫把他们也欺骗了吧。

孩子们花了两三个小时才清理完飞船，雄虫带领他们把每个疯狂蟹鼠藏匿的地点都清除了。通过这点，豆子有了新的发现：雄虫的心灵感应能力扩展到了能够感应到蟹鼠的小小心智。那么那些独立的工虫能力如何呢？女王会让它们单独行动吗？它们的心灵感应能力有雄虫这么强大吗？它们能直接彼此“交谈”吗？还是女王一旦感应到它们的谈话就立刻制止？

为什么女王死了，它们也跟着死了呢？为什么雄虫却没有死？如果有什么不同的话，那就是它们比工虫更依靠于女王，但是女王倒下死去了，它们却飞走了。只有工虫死去了，这是为什么？

疑问太多了。

“任务完成，”辛辛纳图斯说，“请求返回希罗多德号。”

豆子真想说，收到，干得漂亮，快回到我的怀抱里来吧，心爱的孩子们！但是他需要更多的信息，他得在死亡之前完成他要做的事情。

“你们累了吧，”他问，“真是漫长的一天啊。”

辛辛纳图斯看了看另外两个人，说：“是的，不过……您有什么事？”

“两件事，”豆子说，“安德采集的样本——他需要从雄虫身上采集样本。足够能运行基因组，并且与死去的虫茧上的基因比对。这样我们就可以进行雌雄对比，以及雄虫和工虫的比对。”

安德开口了：“你是想知道雄虫为什么没有死。”

“也许是一种疾病，只对雌性产生影响。但是，为什么工虫在女王死后才随之而死，为什么不是立刻同时死去？”

“它们也许已经将死，”安德说，“这个超出了它们给我看的范围。”

“但是雄虫没有死。”豆子说。

“我会试试跟它们谈谈，在包含它们基因组的部位进行活体组织检查。也许它们还保存着死去同类的残骸或者遗留下来的东西。”

“被它们吃掉的同类？”

“物种不同，规则不同。”卡洛塔想都没想地脱口而出。

“还有你，卡洛塔。”豆子说。

“看吧，自己送上门去了。”辛辛纳图斯说。

“我已经想好了计划，”豆子说，“等安德采集到了样本，卡洛塔，我需要你指出一条路，让我进入生态区。”

孩子们目瞪口呆，说不出话来。

“我不同意。”卡洛塔说。

“它们建造方舟时肯定计划好了如何把大型的植物和动物运送到行星的表面。既然它们能把那些大型的东西运送出去，那么我就可以从那里进去。”

“这会要了你的命的。”安德说。

“你们把猎犬号停靠在希罗多德号的货舱位置，与货舱对接。两扇门同时打开，重力关闭，六岁小孩儿就能把我推进猎犬号。”

他们并没有被“六岁小孩儿”的玩笑逗乐。

“父亲，”辛辛纳图斯说，“您太虚弱了。有什么是我们不能为您做到的呢？”

“把我毕生的知识都拿出来，跟雄虫交谈。”豆子诚实地说。

“那我们把它们带到您面前不行吗？”

“想都别想，”豆子说，“如果你们让它们离开方舟，它们很容易就理解为你们企图要从它们手里把方舟夺走。它们也许本来会同意，不过当看到你们把所有发狂的蟹鼠大肆清除之后，还会答应吗？它们也会给你们看虫族女王记忆中第三次虫族战争里所有死去的其他女王的画面。难道它们不会认为你们心中也有杀意吗？”

“可万一您在路途中死去……”卡洛塔说不下去了。

“我要是死的话，早在一年前，甚至是两年前就死了。我活着的每一分钟都很开心，只要能看着你们长成大人的样子。”

“巨人变得越来越伤感了。”辛辛纳图斯说。

“小心别溺死在他海浪般大小的眼泪里。”安德说。

老梗的笑话，家人之间的习惯。

“你们知道我想让你们做什么。假如我在尽力为你们获取更多信息的过程中死去，那也无所谓。即使没有更多的信息，你们也会做得很好，或者在今后自己找到答案。不过我没准不会死，所以我们应该这么做。如果我能了解到什么，我觉得你们也会很高兴的。”

又是一阵沉默。在全息显示屏上，豆子能看到孩子们摘下了头盔。他们觉得这样他就听不到他们说话了。孩子们真是天真。

他们的谈话很简短，但是大多数内容都是怎么让巨人改变主意。

等他们都把头盔戴回去时，豆子抢先说：“你们有任务要做。”他说：“卡洛塔，回来时给我一个让我进入生态区的计划，不然就别回来。安德，采集样本。”

“那我呢？”辛辛纳图斯问。

“跟安德在一起，保护好他。我觉得卡洛塔不会有危险。”

“不行，”辛辛纳图斯说，“我们得待在一起。我们一起看着安德从雄虫那里采集样本，如果他能做到的话。然后我们跟卡洛塔一起去。”

“太浪费时间了。你们都累了。”

“就像您说的，飞船现在已经安全了。我们可以睡在这里，如果可以的话，明天再开始。”

辛辛纳图斯说得对。豆子怎么能说，我迫切地需要你们把事情做完，赶紧回来，因为有可能明天或者后天我就死了。所有的一切都基于一点，那就是他快要不行了。

“巨人在思考。”辛辛纳图斯说。

“透过空间的真空产生共鸣，让我感觉想要撒尿。”安德说。

“又来了。”卡洛塔说。

“我觉得当外星人第一次进入你的意识里时，紧张得想要尿出来是可以理解的，”安德说，“就算刚才没尿，现在也忍不住了。”

他们既有孩子的幼稚，也有大人的成熟。一个种族的重担压在他们身上。孩子们在他们这个年龄还都在草地上嬉戏玩耍，戏弄他们的父亲呢。

“想做什么就做什么吧，尽快完成任务回到我身边来。”豆子说。

“应该说‘请’。”卡洛塔说。

“应该说‘是，遵命’。”豆子回答。

停顿了一会儿。

“是，遵命。”卡洛塔说。

“我很高兴。”豆子说。

“这不算是‘请’。”卡洛塔说，

“我说的就是‘请’的意思。”豆子也会跟孩子说笑逗乐。

最后，雄虫把这两个问题都解决了。安德向它们要样本，它们都郑重其事地取下了一部分的皮肤切面。也不知道它们疼不疼，因为它们没有任何表现。然后它们带着卡洛塔去了货物装载区。

装载区的设计非常精巧。一个分针轮，直径很宽，但是纵深很小，连接在生态区巨大圆筒的前端。它可以锁住生态区，也可以脱离开飞船的其他部分，减速或者停止。几乎等同于一个气闸。

在周围的边缘上，从女王巢穴延伸出的五条轨道也经过这里，轨道车可以进入齿轮。当轨道车完全进入齿轮内部，齿轮开始转动，直到与生态区的旋转相吻合。然后五个门打开进入生态区，生态区内驯服的蟹鼠用蛞蝓饲养生态区内的动植物。接着，它们把门关上，齿轮与生态区的转动咬合分离，重新归位。

货物是另外一套系统。在轨道上面——相比于生态区的第一层，它更靠近中心——那里有五个巨大的门，六米见方，在齿轮和生态区之间同步运行。在齿轮的另一侧，五个装载区通向一个巨大的货舱。没有旋转，这个空间里处于失重状态，所以比齿轮纵深长得多的东西可以被装载进入大门周围的装载区。

同时，也可以通过两个更大一些的气闸进入货舱。卡洛塔用头盔进行细致的测量，得出的结论是猎犬号可以通过较大的两个气闸门。“我们可以将整个飞船带进载货区，然后在失重状态下，将你进行转移，从货舱门进入生态区。”卡洛塔汇报说。

“看来没有那么难，”豆子说，“我应该承受得了。”

“不，不行，”卡洛塔说，“生态区内的离心力会产生过强的引力效应，比你现在所在位置的重力高出了三倍。你飘浮在生态区还可以，因为那是在失重状态。但是随后你得降到地面。如果我们把你放下，那么你降落的速度与圆筒地面的速度不同，这会产生冲击力，就会要了你的命。或者你可以使用虫族用的梯子爬下来。这样就在向下爬的过程中逐渐适应圆筒的旋转，到达地面时与圆筒旋转完全同步。你喜欢爬梯子吗？”

“可以使旋转减速吗？”豆子问。

“我们可以问问，不过……它们选择这个旋转速率必有原因。对植物来说是最合适的。”

“你觉得它们不会冒险让植物受损。”

“保护生物群是它们任务的一部分。我们不但没能带给它们想要的虫族女王的茧，反而改变适合植物生长所需的重力，损害了它们的植物？”

安德打断了卡洛塔的话：“它们很可能正在感应我们头脑中意识的图像。”

“我并没有什么图像啊。”卡洛塔说。

“不，你有。”安德说。

“是吗？”豆子说，“那好，按我说的做。想象着你站在我旁边，想象着你的身高，还有我的身型。我躺在这个货舱里，你站在我身旁。给它们看这些图像。”

“呃，我们把图像按照你说的描绘出来了，”卡洛塔说，“没有别的选择。”

“这是什么目的呢？”辛辛纳图斯说。

“想一想。”豆子说。

他们思考了片刻。辛辛纳图斯第一个想到了。

“类比，”他说，“你的身型跟我们的比例，就像女王的身型跟它们的比例。”

“很接近了。”豆子说。

“而且你是我们的父亲，”安德说，“相当于女王就是它们的母亲。”

“但不是我们的配偶，”卡洛塔说，“你肯定不是女王。”

“你倒想让我是……”豆子说，“只要让它们看到身型比例，告诉它们我是你们唯一在世的亲人，唯一能进入方舟的办法就是看它们能不能减慢生态区旋转的速度，告诉它们需要减到多慢。让它们估测一下对土地和根茎会造成什么影响。”

“它们会问需要减速多长时间的。”安德说。

“因为这样会使植物的生长模式受到影响。”

“那就告诉它们需要减速直到我死了或者返回自己的飞船。让它们知道我反正也活不长了，但是我想在死之前跟它们在方舟里见一面。如果我跟它们谈够了之后还活着，那我就会回去，它们可以恢复正常旋转速度。”

“‘谈够了’是多久？”安德问。

“我讨厌这个主意。”卡洛塔小声说。

“直到我对虫族女王的事情了解足够透彻了以后。告诉它们我需要知道她为什么死了，这样我就可以确保你们在搬到方舟的时候，不会被它们毒害而死。”

三个人惊愕不已。

“我已经告诉你们了，”豆子说，“下面的那个行星就是你们的未来。你们需要把整个实验室都搬到方舟的生态区里，并且开始着手创造能够消化外星蛋白质的肠道细菌，好让它们对你们自己有用，对你们的孩子有用。当你们能完全生活在虫族的生态区里，以及它们的后代中时，你们就准备好占领那个星球，拥有自己的世界。”

“如果我们不想那么做呢？”说话的人是辛辛纳图斯。

“你想这么做，”豆子说，“因为你希望我们的种族能够生存下去，没有比这更好的机会了。我们已经谈过这个话题了。可是现在，再谈下去的话，雄虫可以通过我们的意识看到我们脑海中的画面。”

“为什么你觉得雄虫会同意呢？”安德问。

“它们的种族快死光了——它们是唯一幸存的，想要繁衍后代已经无望了。”

“告诉它们我是你们的父亲。一个男性。等我死了之后，它们肯定会收养你们，成为你们的父亲，把它们所有知道的事情都教给你们。跟它们说我们不是真正的人类——我们跟其他种族都不同。所以，当我们在行星上居住后，你们就是一个新的有感知力的种族，你们将永远把雄虫当做父亲一样尊敬。”

“我觉得它们没有收养的概念。”安德说。

“它们当然有。还记得吗？你说过虫族女王死时，没有把它们吃了，它们觉得无上荣耀，因为这意味着它们将被留给新的虫族女王。前提是它们得找到新女王。”

“那不是收养，而是再婚。”辛辛纳图斯说。

“意思很近了，”豆子说，“告诉它们。尽力让它们看到它们种族，它们的生命，和我们的类比。让它们了解到你们还这么小，生命却这么短暂。你们需要得到尽可能的帮助，让你们生存下去。”

“为什么这样做？”卡洛塔说，“我们甚至都不会撒谎。”

“你永远也见不到虫族女王，但是通过它们，你们可以成为女王的孩子。”豆子说。

“我们明白了，父亲，”安德说，“您不用给我脚本了。”

孩子们商量了一下。这次雄虫触碰了他们三个人。后来，他们说这太神奇了，以为他们能通过雄虫感应到彼此。他们三个可以一起联合在一起，描绘图像。这个计划成功了，雄虫和孩子们达成了一致。

随后孩子们返回希罗多德号。豆子再次为他们驾驶猎犬号，这次直接把猎犬号停在了货舱。希罗多德号就是为此而设计的，两扇门立即打开，豆子头上出现了一个更高的天花板。

他原本没有意识到这些年他有多幽闭，随着他身型越来越高大，天花板对他来说有多么压抑。但是当他离开这里时，他感觉到前所未有的精神焕发，甚至有些欢欣雀跃。

然而孩子们却不是这样。他们担心巨人会一不小心在迁移的过程中发生不测。“那可就太不公平了，”卡洛塔说，“我们会内疚一辈子的。”

“不要内疚，”豆子说，“我宁可出去做些什么而死，也不愿像个西瓜一样躺着等死。”

他们从没见过长在地上的西瓜。

在迁移之前还有些事情要做。豆子坚持要先把所有的实验室都迁移过去。他也向他们展示了货舱的秘密隔间，给他们演示人造子宫的用法——当然，不需要插入进去什么东西。

“体外受精是很常见的做法，就像这样提取卵子，”豆子说，“你们可以通过安赛波学习和掌握。人造子宫并不常见，因为在很多行星上这是属于违法的。”

“为什么？”卡洛塔问。

“因为它们并非自然，”豆子说，“或者它们剥夺了代孕母亲谋生的途径。有许多原因，但归根结底只有一个真正的原因：人造子宫的存在意味着女性并不是社会所必须的，不可或缺的，这个事实让很多女性难以接受，甚至愤怒和不安。”

“但还是需要女性提供卵细胞。”卡洛塔说。

“有很多方式可以绕开女性，”豆子说，“当然也可以绕开男性。其实生产繁育不需要两种性别同时存在。但是一些群体曾经试着这样做，结果以进化的胜利告终——群体中的人越来越感到不满，于是群体要么回到以往的方式寻找配偶，要么人们不断离开群体，直到只剩下一小部分仍热衷于这种孕育方式的人还留下来。这就是人类，卡洛塔。从来没什么常理。”

当孩子们向雄虫学习如何在生态区里建造封闭的实验室时，豆子只是看着，尽量不表现出焦急烦躁的情绪。这种技术在方舟上众人皆知，因为当虫族到达行星表面时，它们需要花费时间寻找或者挖掘隧道和洞穴。他们只能临时利用虫族女王的巢穴建造实验室，因为其他的地方都没有这么高，容纳不下像成年人一般高的仪器设备。

等到实验室建成并且开始运行，安德立刻退出了为豆子的迁移做进一步准备的工作。

“我认为虫族基因组里有些东西对我们大有帮助，而且不单单是在消化食物方面。”

于是辛辛纳图斯和卡洛塔完成了所有的准备工作。他们非常严肃地讨论要给豆子穿上增压服。

“万一密封破损，大气就会流失。”她说。

豆子笑了：“卡洛塔，我亲爱的女儿，你太善解人意了。不过万一密封破损，我就会死去。如果你进入太空，就要对机械装置完全地信任，但愿那东西能够管用。”

“可要是——”

“卡洛塔，即使增压服能够起效的话，也会要了我的命。它产生压力，但是跟正常的大气不同，也不可能一样。所以，不管怎么样，我都会死的。而且你还会有新的麻烦，就是把我从增压服里弄出来，这样我的遗体还可以放在生态区里成为养料。”

卡洛塔放声大哭起来。

“父亲，”辛辛纳图斯说，“您好像忘了卡洛塔的感情很脆弱。”

“她当初想要把我埋了还是火化掉？或是扔进太空里？在你密谋要杀我的时候——我的遗体可蕴藏了不少资源哦。”

“那是在我们遇到方舟之前了，”辛辛纳图斯说，“我并不对那时的我感到自豪。”

“你依然是那个孩子，”豆子说，“永远都想在前面，而且性情急躁。我并不记仇，但我也不会忘，特别是你说得对的那一小部分。”

“不是大部分。”

“总体上说，你们三个孩子正确性都在人类平均水平之上。而你也从错误中吸取了教训，学到了很多东西。”

“巨人的意思是我是个傻子，是个高于平均水平的傻瓜。”

“差不多就是这样。”豆子说。

豆子以为几天之内就能完成迁移，但是卡洛塔做事太慢条斯理，也太慢，每样东西都得经过测试。她还坚持把许多计算机移出希罗多德号，把它们充上电，在生态区里联网。接下来才轮到大块头上场。

“我想把安赛波也移出去。”她说。

豆子没有预料到这一点。

“终于还是提到它了，”他说，“你的网络不是在两艘飞船之间连接很好吗？你从那里接通人类的通讯系统不就好了。”

“我要建构另一条网络，”她说，“以备不时之需。我需要这个网络，这样就不用总是来回跑了。”

“安赛波技术现在还是需要严守的秘密。”豆子说。

“安德和我几年前就破解了这个技术，”卡洛塔说，“我们以为您会生气，就没有告诉您。”

“你们能破解是因为我把它设置成可破解的，”豆子说，“我故意放水的。”

“我们后来又发现了其余的部分，然后也破解了。在你睡觉的时候。多少给我点儿表扬吧。”

等待的时间比他预想的要长，他不愿意看到安赛波被转移走。他不担心自己转移时受到伤害，反而更害怕安赛波会被损坏。安赛波是他们与人类联系的生命线。它也是豆子与他最后一个还活在世上的朋友——安德·维京联系的生命线。实际上他们之间并没有说过话，甚至也没有发送过讯息。豆子知道，安德·维京从来没有想起过他。即使想过，也以为豆子多年以前就已经死了。“屠异者安德”在躲避着所有人，毕竟他现在是死者代言人了。没人知道他就是《虫族女王》那本书的作者——死者代言人。人们只把他当做为数众多的为死者代言者中的一员，这类人都是流动的。对他来说这是一个很好的使命。这可以使安德·维京更关注于活着的人，并且受活着的人所托替刚刚去世的死者发言。他没有时间再回忆自己的过去。确实，他很有可能是在逃避过去。豆子觉得现在如果让安德·维京知道了他的存在，有些不太合适。安德会怀疑他有何企图。安德会宁愿豆子没有联系他。

但是万一虫族女王欺骗了安德呢？如果虫族女王对安德所说的

一切都是基于一场骗局，那么安德就是终其一生都在保护着一个骗子，他正在为女王寻找一个家园，而这个女王心里一开始就有自己的算盘，却一直没有告诉安德。

如果这一切都是真的话，豆子就得想个办法给安德送信。但是他不会让安德知道发信者的真实身份。

豆子踏上行程的时候终于到了。

当年他带着三个蹒跚学步的孩子登上希罗多德号，离开了佩查和他们其他的孩子。走进希罗多德号的过程对他来说异常艰难——因为他们正常的孩子当时还都是婴儿，正在学说话，还在摇摇晃晃地学走路。他并没有太在乎那些加大尺寸的设施有多管用。他知道即使准备了更高的桌子和更大的椅子，很快也就用不上了。他也不会再做新的。因为他从一开始就清楚自己最终会平躺或者侧躺在重力接近于零的载货区里，走向生命的终点。

而现在他正在走出这艘飞船。卡洛塔把重力关闭，然后开启了她在猎犬号上装置的引力器，把他慢慢牵引上来。她和辛辛纳图斯和他一起上来，在半空中慢慢转动他，好让他接触到猎犬号的软性地板时，轻轻地着地。

他一直都在紧张害怕。以前失重对他来说感觉很平常，但是现在他的体型太大了，失重后随之而来的是一种下坠的感觉——就像坐过山车到了最高处时一样，只不过一直是在最高处待着没有下来——那种感觉不是紧张刺激，而是快要死了。如果真的下落，他就活不成了。即使一个踉跄或者栽个跟头也会把脆弱的骨头摔得粉碎，再也无法恢复。人类的身体结构承受不住四米半的身高。

卡洛塔的计划以及她和辛辛纳图斯的执行都天衣无缝。除了感觉有些害怕，豆子没有受到任何伤害。身上没有瘀伤，也没有肌肉酸痛，进入猎犬号时，落地轻稳，毫发无伤。

但是当他安稳落地时才发现，身边没有计算机。

“卡洛塔，”他说，“我要是不操纵猎犬号，咱们没法走。把全息笔记本电脑给我。”

卡洛塔大笑：“我们知道您是怎么操控飞船的，父亲。我们已经驾轻就熟了，但是如果像您那样像赛车一样驾驶猎犬号的话，您会没命的。辛辛纳图斯会送您过去。航行时间也不是一个小时，而是得花费大半天的时间，所以您就舒舒服服地躺好，睡上一觉吧。”

“辛辛纳图斯在驾驶猎犬号？”

不过豆子还是让自己放松下来，不再担心烦扰。他以前是在希罗多德号载货区里一个稳定的位置操作猎犬号。此刻身在猎犬号里，他的位置就固定不了了——由于不在驾驶座位上，他会感觉到飞行中的惯性。孩子们已经预料到了这个问题，而且想出了一个很好的解决办法。

不是最完美的办法——辛辛纳图斯有时候操作显得不够熟练，缺乏经验。不过这样也比豆子亲自驾驶强多了。他们慢慢进入方舟侧面开启的气闸，辛辛纳图斯把猎犬号停在了半空，豆子不得不赞叹辛辛纳图斯驾驶技术的纯熟灵巧。

这里没有引力器——引力透镜在旋转的空间内无法良好地运行，特别是在行星附近时。要么使用引力透镜，要么依靠地心引力，两者不能同时存在。

齿轮里的装载区很长，足够容下豆子的身体，不会露在外面。设计得真好，豆子心想。对巨人来说再合适不过了。

真正独具匠心的地方还在后面——而且这就是为什么准备时间要持续一周的原因——当齿轮与转动缓慢的生态区圆筒同步时，一切豁然开朗。空间宽敞，距离地面很高，豆子几乎感觉不到重力。接着，大门开启，他第一次亲眼看到了生态区的全貌。

即使看到希罗多德号的天花板被抬起，那种如释重负、轻松释然的感觉也无法与此时此景相媲美。这里太大了，伪太阳照射在对面中心枢纽的中央，犹如真正的阳光一般，豆子一时间被阳光照得睁不开眼，仿佛回到了曾经的地球家园。

然后，他看到整个空间蜿蜒向上分成了两个方向，形成了一个有形的屋顶，这其中有树木和草地，甚至还有小型的湖泊——其实是池塘。还有鸟类飞在空中——有人提到过还有鸟吗？那些树木都来自于虫族的世界。在地球时，豆子也不是研究树木的专家，对他来说，这足以称得上是片树林了。这一片绿色让他惊讶得甚至忘记了呼吸。还有到处奇奇怪怪的颜色，也都仿佛与这片绿色融为一体。

这不是一个行星，但却似曾相识，仿佛曾经来过一样。他从来没想过会再次生活在这样一个充满活力的世界。

卡洛塔和辛辛纳图斯在门对面搭了一个脚手架，他们把豆子从齿轮的装载区拉上来，豆子这才发现他身下的织物其实是个结实的吊货网——一个吊床，但是上面有支架，防止吊网塌陷，使他身体蜷缩在里面。

他完全从门里出来时，正舒舒服服地躺在吊床上休息。然后他们像水手一样摇晃着他慢慢下落，让他重力渐渐而且自然地增加，就好像在从梯子上爬下来一样。

这里的重力比他曾经习惯的重力要大一些。他的呼吸更频繁也更急促。但是倒不那么痛苦，他可以做到，可以暂时撑下去。

他终于稳稳落地，坐在身下的织物上休息，小鸟从空中俯冲而下，他这才发现那些不是鸟，而是雄虫。

它们在他头顶盘旋，然后落在地上。安德走了过来——实验室离这里不远——他看起来很高兴。在这个场合下，有些太过兴奋了——他实验室的工作看来肯定是进展不错。豆子一直在尽自己最大的努力来跟踪他的研究进展——但是由于是卡洛塔设置了这个网络，豆子发现她关闭了，或者根本没有设置网络的后门或者秘密通道，他以前经常在希罗多德号上使用这些后门。虽然他们严格服从他所有的决定和命令，但他们终于还是想要摆脱他的控制，不让他严密监视他们的生活。

“它们想立即开始，”安德说，“跟您谈话。”

“趁着您还活着。”辛辛纳图斯面无表情地说。

“那我们就马上开始吧。”豆子说。

雄虫飞上了他的胸口。它们似乎一点儿重量都没有。豆子意识到它们还在用翅膀承担着大部分的重量。

“它们不能停在我胸口上，”豆子说，“虽然它们很小，但是我不能承受任何重量，否则无法呼吸。但是它们可以站在地上，在我旁边，像触碰你们一样，触碰我的头。”

“它们尊敬您，想把您当做它们的新女王一样看待，”安德说，“但是它们不希望在谈话的过程中使您死去。”安德跪下来，用头抵着其中一只雄虫的嘴。片刻间，信息就传递了出去。雄虫从豆子的身上滑落，然后聚集在他的头部周围。

跟与安德第一次谈话相比，雄虫与人类的沟通变得更加得心应手。图像传递得很慢，也很平缓，不再有那么大的压迫感。它们真的采纳了安德的建议。

一开始，豆子把从雄虫那里得到的信息都大声说出来。正在触碰它们，并且看到了一切的安德确信豆子能够非常清楚地理解雄虫所表达的意思。

不久，卡洛塔陪他一起加入谈话。随后辛辛纳图斯接替了安德的工作。雄虫也是轮流交替进行，每次两只陪他一起。

他们的谈话持续了一天一夜，从醒到睡，从睡到醒。事实上，豆子的感觉是好像他大部分的时间都是在睡着。这是一个漫长而甜蜜，令人着迷的梦境，讲述了雄虫的生活，还有它们所知道的关于虫族女王和其他女王的一切，还有工虫的生活，以及虫族的历史。它们知道很多信息——而且是很直白的事实，没有任何语言的干扰。

但是随着梦境的延续，时间一个小时又一个小时，一天接着一天地过去，豆子看到它们所了解的东西中存在的漏洞。他会问，它们会给出它们认为他想知道的答案；它们看不到的就是看不到。它们以为自己知道所有的事情，但是豆子能够看出女王对它们隐瞒了最关键，也是最危险的信息。

豆子曾相信，跟剩下的人类一样，整个虫族部落都只有一个单一的思维。工虫对于女王来说，就像是人类的手和脚一样——它们只是女王的一部分，没有自己独立的意识。但是当豆子体验到雄虫记忆中的生活时，他知道这是个谎言，一个极大而且可怕的谎言。工虫有自己的思维和意识，也有自己的欲望，但是这些只有虫族女王想让它们用时，才会被利用。而当虫族女王不需要时，就会被扔在一边，弃之不理。如果工虫反抗女王的意志，或者提出更好的建议，女王就会离开工虫的意识，切断与它们的联系，通过附近工虫的眼睛，她会亲眼看着抵抗的工虫死去。

而且她对此非常满意。因为虫族女王内心最为恐惧的就是工虫的反叛。雄虫的记忆里没有这些信息——怎么可能有呢？可豆子知道虫族女王释放压力的心里话是不会让雄虫知道的。她对雄虫隐瞒了内心的恐惧，不仅是对雄虫，对部落里所有的成员都隐瞒了。但是豆子会人类的读心术。由于不能直接联系，人类变得擅于从外在的表情和迹象，理解别人的心理和情绪。大多数人类都能掌握得很好，而有一些则很不擅长。豆子就是其中的高手，但不是出自于爱。爱会蒙蔽你的眼睛——把一切都看成是最美好的。仇恨也会使人失去判断力——把一切都看成是最坏的。作为一个在险恶环境中幸存下来的孩子，豆子很清楚如何从人类无意识的动作和表情中判断出他可能要采取的行动。虫族女王没有可以识别的各种迹象——因为它们没有面部表情，所以豆子无法判断和猜测。他也无需猜测——女王知道她必须隐瞒该隐瞒的，但却没有隐藏其余的事情。因此豆子可以猜到女王曾经的感受。在这一点上他对自己很有信心，因为他的理解一直都是对的，即使不对，他也相信他一定会搞清楚的。

他在梦中度过了整整三天。跟虫族女王不同，豆子没打算隐瞒任何事情。他的整个一生都赤裸裸展现在雄虫眼前。让它们知道这对于一个人类，一个男人意味着什么——是一个人对别人的责任，但最终还是对自己的一个交代。按照自己的意愿去选择，也欣然接受选择所带来的任何结果。

它们震惊不已。同时它们也对一些事情感到惊骇和恐惧——那就是谋杀。豆子让它们看到了他的想法。当虫族女王切断了与工虫意识上的联系时，工虫就会死，这就是谋杀。但是这番说法却遭到了雄虫的嘲笑，它们认为这是豆子的错误理解。跟你们不同，虫族女王不是你们人类，你们不了解。它们没有说这些话，但是从它们的嘲笑、容忍和轻蔑的情绪中，豆子能够了解它们的想法。就像大人跟早熟的孩子在谈话一样。就像豆子当初和自己只有两岁、且还能完全靠自己完成教育的孩子们在说话一样。

最后，雄虫飞走了。豆子终于真正地睡着了，睡得又香又甜。不是没有做梦，也没有做噩梦，而是熟睡中安稳的梦。

等他醒来，已经是白天了。有一个遮阳蓬挡住阳光直射在他脸上。阳光照得人暖洋洋的，空气有一些湿润。

“昨晚下雨了，所以我给您挡上了，”卡洛塔说，“现在它们在模仿夏天，所以至少每四天就制造一次降雨。因为你们的谈话，所以降雨的时间延后了。”

“结果如何？”豆子说。

“这不是应该由您来说吗？”卡洛塔问。

“我了解到很多事情，但最让我感兴趣的是那些虫族女王从来没有给它们展示过的东西。它们不相信女王对它们隐瞒了什么，它们相信女王对它们完全敞开心扉，不过它们还能相信什么呢？它们一生都被女王编织的谎言所包围。”

“我听说，父母会这样做是为了保护他们的孩子。”卡洛塔说。

“我也听说过，”豆子说，“而且应该是很有必要的。所以这问题本不该由我来问它们。”

“您感觉怎么样？”卡洛塔问豆子。

“身体上吗？看看那些仪器，告诉我现在是活着还是死了。”

“心跳很正常，”她说，“其他生命体征——对您这个体型的人来说，指数正常。”

“我觉得好像还没吃东西，”豆子说，“其他设备也已经就位了吧。

我的排泄情况怎么样？”

“大小便都很好。本地的蠕虫对您的排泄物不屑一顾，不过植物倒是很高兴，至少现在都还活着。”

“那我的生命就有意义了。”

他又睡着了。等到再次醒来，已经是黄昏。他的三个孩子都围在他身边。

“父亲，”安德说，“我有些事情要告诉您。有好消息也有坏消息。不过大部分都是好消息。”

“那就说吧，”豆子说，“我可不想还没听到正文就死了。直接说重点吧。”

“好的，”安德说，“虫族无意间告诉了我对于我们这样的情况应该怎么治疗。我们可以开启正常的人类生长模式，然后停止生长，而且无需切断安东基因。”

“怎么做？”豆子问。

“当看到工虫被切断了与女王的联系就立即死亡之后，我就开始琢磨，它们并不爱她，所以并不是心碎而死。事实上，它们应该感到女王的死对它们来说是一种解放和自由。可它们还是死了。所以我怀疑女王是在某种程度上改变了工虫的基因组，就像她创造出蟹鼠一样。但是我错了。干瘪的虫茧里的虫族基因组跟那些雄虫以及女王的基因组完全一样。这些改变不是在基因组里。”

“那是什么？”豆子问，“不要让我猜了。”

“是在细胞器里。就像我们的线粒体一样。女王可以把细菌液体在腺体里进行混合然后残留在工虫和雄虫体内。这些细菌会感染产出工虫的虫卵，进而存留在它们身体的每个细胞里。”

“细胞器对女王和工虫之间的心灵感应产生反应。它们能感觉到是否有心灵感应连接。如果没有，它们就会切断工虫体内每个细胞的新陈代谢，致使它们立刻死亡。”

“细胞器就像是思想警察，”卡洛塔难过地说，“该死的婊子。”

“暴君，”豆子说，“她们始终在担心和害怕她们的女儿会反叛。细胞器让女王们终于能够安心了，她们就可以孕育出更多的女儿，远超过她们直接通过心灵感应所能控制的数量。”

“是的，”安德说，“雄虫有天然的适应性。它们可以使女王控制的触角得到延伸。但是即使有二十只雄虫依附于她，她还是一次只能控制最多几百只工虫，有一些工虫注定会逃出她的掌控。所以女王发明了奴役工虫的细胞器。或者也许很多女王会同时尝试不同的方法，然后彼此分享结果，直到找到这个最好的办法。”

“而且它们从来没有在雄虫上做过。”豆子说。

“它们不需要这个。不管发生任何情况，它们永远都站在女王这边。爱慕她，崇拜她，依附于她，始终都能了解到她的想法——”

“每个她想让它们知道的想法。”豆子纠正说。

安德点点头：“每个女王都把这个细胞器放在自己的体内，用它来产出工虫的虫卵。雄虫是自然产出的——它们是进化的产物。但是女王对每一只工虫都不放过。它们确切地知道自己在干什么。”

“创造终极的奴隶，”辛辛纳图斯说，“以及最完美的士兵。它们按照女王的指示作战并且牺牲。如果它们犹豫不前，女王就会切断跟它们的联系，使它们立刻死亡。对它们来说，生活是绝望而残酷的。也许当女王关注它们的时候，它们像雄虫一样爱她。但是很快她的注意力就转向了别处。这种联系还依然存在——肯定的，不然它们就死了——可即使这样，它们也依然不敢心存恨意。可是我觉得总会有恨意存在，你们觉得呢？”

“应该只是一些工虫有恨意，而不是大多数，”豆子说，“这确实是虫族女王最可怕的秘密。可是安德，这对安东尼尼人有什么帮助呢？”

“是豆子人。”辛辛纳图斯说。

豆子很高兴听到他们坚持以他的名字称呼。

“细胞器。我们多年来一直尝试在基因组上试验。沃莱斯库在我们还是胚胎时，创造了我们这样的人类变种，他改变了少量的细胞。但活体生物包含了数百万的细胞。在飞行中，我们对基因组的改变已经试验了一次又一次，取得了一些成效，但是改变很小。”

豆子很清楚曾经的研究进程。

“巨人症与高智商是相辅相成，无法分开的，所以没办法实现。”

“但是巨人症并不是结果——是因为缺少开关，更确切地说是模式的开关。我们不能在基因组里加上一个开关，这样肯定会破坏智力。但是我们可以把开关放在细胞器里。”

就是这么简单。安德说出来了，但是还不明确。

“可你不可能随手给人类做个细胞器吧，”豆子说，“我们体内的线粒体已经存在很长时间——在我们进化成人类之前，线粒体就已经和细胞连为一体了。当细胞分裂，线粒体进行复制。虫族女王必须得把细胞器放入每一个虫卵。”

“没错。”安德说。

“这招真是聪明。”卡洛塔说。

“我们用一个病毒植入改变的基因片段中，然后把它放入自然形成的线粒体内。它们有了开关，然后就会在适当的时候快速传播出去。

“我们是这样认为的。”辛辛纳图斯说。

“是的，当然，并不是说我们已经到了青春期，”安德说，“我们得等等看。但是有件事可以确定——我们身体每个细胞的改变已经结束了。”

“你们已经这么做了？”豆子说。他的心跳开始加速。

“冷静，冷静，父亲。”卡洛塔说。

“我们当然试过了，”辛辛纳图斯说，“有什么理由要等呢？”

“没经过我的允许？”豆子说。

“已经得到了您的允许，”辛辛纳图斯说，“就在您告诉我们您对这个行星的计划时。这里是我们的。我们的身体也是自己的。你肯定会让我们深思熟虑，您也会给我们权衡利弊，然后让我们自己做出选择。所以我们照您的话做了，就当您已经醒了，然后我们做出了选择。安德把病毒气雾吹进我们的肺里，当病毒贯穿身体时，只引起了一点小小的不舒服。”

“但现在我们都好了，身体也没有出现任何排斥。”卡洛塔说。

“几年以后，我们就会看到成效了，”安德说，“如果没有成效的话，我们仍然还有时间再进行尝试。或者试试别的方法。但是不管怎么样，这种改变将会直接传给我们的孩子。由线粒体内的基因促成的正常发育，不需要用吃药或者进行某种改变来维持。我们会把它传给我们的孩子。”

“从技术上来说，”卡洛塔说，“是由我传给后代。”

“没必要争论这个了吧。”安德说。

豆子能感觉到泪水从他的眼睛里夺眶而出。没有必要抬起手拭去脸上的泪水，就让泪水尽情地滋润这片土地吧。

“干得……太好了，是吧？”安德说。

“嗯，太好了。”豆子说。

“问题是，”辛辛纳图斯还没把话说完。

“不。”豆子说。

“您连问题都不想听吗？”卡洛塔说。

“你们想现在也给我用这个办法治疗。可惜太晚了。你们只会生一场小病，但对我来说却会致命。就算治疗起效了又怎么样呢？我已经身型这么高了，只能躺在这里，什么也做不了，只要稍有动作心脏就承受不了。”

“可是您还可以思考，”卡洛塔说，“您的脑部能得到充足的血液。”

“但是我不想再思考了，”豆子说，“你们自己已经可以独立思考了。你们自己深入外星飞船探险考察，还尽力拯救了一群濒临死亡的外星生物。你们还试着让自己适应把外星生物的蛋白质作为自己的食物——"

"我们还计划引入地球上的植物和动物，"辛辛纳图斯说，"卡洛塔没有土豆就活不下去。"

"既然你们治愈了致命的基因疾病，"豆子说，"那么现在需要做的就是隐藏自己的行踪，不要让正常的人类知道你们的存在。这将是你们永远要保守的秘密。"

"我们知道，"卡洛塔说，"所以我们要把安赛波从您身边拿走。"

说完，所有人都没有说话，一时间陷入寂静。

"您打算把虫族女王的真相告诉您的朋友安德·维京，是吧？"她说。

"是的。"豆子说。

"我们就知道，"辛辛纳图斯说，"但是维京不知道怎么管住自己的嘴。他写了《虫族女王》。即使后果很可怕，他也会说出真相。"

"我们得隐藏下去，"安德说，"这艘方舟的存在也会是一个秘密。因为联合舰队如果知道了，就一定会猜到还有其他的殖民飞船，那些飞船上的虫族女王还没有死，然后他们就会出发寻找它们。"

"我们向雄虫保证过，不会让虫族的生存再受到威胁，"辛辛纳图斯说，"这就是它们同意跟我们合作的原因。"

所以他不能给安德·维京送信儿了。这样更好。安德不需要听到他的消息，已经太晚了。警告有什么好处呢？如果他了解安德·维京——也许除了他的姐姐瓦伦蒂，没有人比他更了解安德——他会继续走下去，直到找到一个合适的地方，把包裹着女王的虫茧留在那里，而不用在乎任何警告。

“虽然我不怎么开心，但还得说干得好，”豆子说，“你们这些自负的小杂种。”

“我们的父母可是合法结婚的哦，”卡洛塔纠正说，“不然就是你骗了我们。”

豆子当晚睡得很好，在太空里的五年里他从未睡得这么安稳过。因为他的孩子们都安全了，也许身体已经完全治愈了，当然，他们也能照顾好自己了。他完成了所有的使命——即使没有亲自做完，但至少他把孩子们抚养长大，成为能够敢于采取必要行动保护自己安全的人。

早上，他们都在忙碌着，而豆子则心满意足地躺着，听着草地里上各种动物充满活力的声音。他不知道那些动物的名字，但是却能听见各种啁啾或者呱呱的叫声，看到各种动物有的欢腾跳跃，有的匍匐爬行或蠕动，有的轻轻落在他身上，又慢慢爬走，有的掉落下来，又从他身上弹走。他是这个生态中的一部分。很快，他的身体就会深深地与这里融为一体。这样一想，他就感觉很快乐。

也许等他死后，他会发现某种宗教信仰最终是正确的。也许佩查会在那里等着他——焦急不安，而且会训斥他：“怎么那么久才来？”

"我得完成我的任务。"

"是吗，不用你——孩子们自己没问题。"

还有别人。救了他性命的卡洛塔修女。同样救了他的命，也因他而死的波可。他的父母，虽然他在战后才见到他们。还有他的兄弟尼古拉。

豆子再一次醒来。他不知道自己会不会再睡过去。但现在孩子们都围在他身边，目光关切。

"您刚才心脏出了点儿小状况。"辛辛纳图斯说。

"这就叫幸福。"豆子说。

"一个新名字，"卡洛塔说，"不知道能不能流行起来。"

"我的心脏还在跳呢。"豆子说。

"太快了，不过是在跳。"辛辛纳图斯说。

"我想告诉你们一件事，"豆子说，"你们的母亲是我一生的挚爱。"

"我们知道。"卡洛塔说。

"我也爱其他人，但是最爱的是她，她是最好的礼物。因为我们一起创造出了很多美好的事物。我们创造了你们。"

豆子开始翻起身来。

"哦，您在干什么？"辛辛纳图斯惊声道。

"不用管我，"豆子说，"我是父亲，是巨人。"

"可您刚才心脏病发作了。"安德说。

"你们以为我感觉不到胸口有什么异常吗？"豆子说。

他小心翼翼地用胳膊肘和膝盖撑起自己的身体。自从他停止翻身开始，这个姿势他至少一年没有用过了。他不敢确定自己是不是还能做到。不过他还是做到了，像个孩子一样，用手肘和膝盖趴着。呼吸急促，筋疲力尽，他没办法撑下去。

“我想要，”他轻声说，“站在草地上，走在阳光下。”

“为什么刚才不说呢？”卡洛塔说。

他们把他身体翻过来，躺在吊床织物上，然后用绞车把他拉起到站立的姿势，接着让他双脚站好。

他感觉重力很轻，小到几乎没有。这样站立着，即使有吊网在支撑着他，也几乎让他喘不上气来。

“我要开始走了。”他说。

他的双腿软弱无力。

雄虫飞到他身前，抓住他的衣服，振动着翅膀帮助他站立。孩子们围在他腿边，帮助他一步一步向前迈进。

他感觉到阳光照在脸上。他感觉到脚下的土地。他感觉到爱他的人们在扶持着他，一路上支撑着他。

这已经足够了。

“我要躺下来了。”豆子说。

然后他躺下了。

然后他死去了。

【本书完】

奥森·斯科特·卡德

Orson Scott Card（1951.8.24-）

1951 年出生于华盛顿州。在加利福尼亚州、亚利桑那州和犹他州长大。

美国作家、批评家、公众演说家、散文作家、专栏作家、
反对同性婚姻的政治家，同时也是摩尔门教拥护者和终身执业成员。

作为科幻小说家十分多产，共有 12 个系列，
其中安德系列就有包含长篇、短篇、有声读物等 20 部作品，另有 3 部还在计划中。

目前和妻子一起定居于北卡罗来纳州，为当地一份报纸撰写专栏文章，
空余时间在阳台上喂养鸟、松鼠、花栗鼠、负鼠和浣熊。

SHADOWS IN FLIGHT

飞行中的阴影

原著

奥森·斯科特·卡德

翻译

王梓函

总策划

朱家君

选题策划

熊 嵩

特约编辑

颜 燕

封面设计

何月婷 李 婕

宣传营销

郭海洋

运营发行

常蓦尘

出版社

长江出版社

总出品

漫娱文化

平台支持

小说馆 脑洞W

图书在版编目（CIP）数据

安德系列：飞行中的阴影 /（美）奥森·斯科特·卡德原著；王梓函译
—武汉：长江出版社，2017.6
ISBN 978-7-5492-5167-4
Ⅰ．①安… Ⅱ．①奥… ②王… Ⅲ．①长篇小说－中国－当代 Ⅳ．① I247.5
中国版本图书馆 CIP 数据核字（2017）第 128785 号
图字：17-2017-140 号

安德系列：飞行中的阴影 /（美）奥森·斯科特·卡德原著　王梓函译

出　　版	长江出版社 （武汉市解放大道 1863 号　邮政编码：430010）
出　　品	漫娱文化 （湖北省武汉市积玉桥万达写字楼 11 号楼 19 层　邮政编码：430060）
出 版 人	赵　冕
选题策划	漫娱文化图书
市场发行	长江出版社发行部
网　　址	http://www.cjpress.com.cn
责任编辑	钟一丹　张艳艳
特约编辑	颜　燕
装帧设计	Yvonne
印　　刷	湖北卓冠印务有限公司
版　　次	2017 年 6 月第 1 版
印　　次	2017 年 6 月第 1 次印刷
开　　本	880mm × 1230mm　1 / 32
印　　张	7.5
字　　数	170 千字
书　　号	ISBN 978-7-5492-5167-4
定　　价	38.00 元

版权所有，翻版必究。如有质量问题，请联系本社退换。
电话：027-82926557(总编室） 027-82926806（市场营销部）